MARY ANN FOX

Je stiller der Tod

atb aufbau taschenbuch

MARY ANN FOX, geboren 1978, verdiente ihr erstes Geld in einer Gärtnerei. Der Liebe wegen ging sie nach England und arbeitete dort als Fremdenführerin, als Deutschlehrerin und dann im Botanischen Garten in Oxford. Sie lebt mittlerweile wieder in Hamburg und träumt von einem eigenen Garten, in dem sie das Meer rauschen hören kann.

Im Aufbau Taschenbuch sind ihre Kriminalromane »Je tiefer man gräbt«, »Je dunkler das Grab«, »Je kälter die Asche«, »Je länger die Nacht«, »Je höher die Flut« und »Je lauter der Sturm« lieferbar.

Mags liebt Weihnachten, und in diesem Jahr will sie zum ersten Mal mit ihren Freunden im eigenen Cottage feiern – zusammen mit Weihnachtsgans Agatha, die sie davor bewahrt hat, auf dem Menüplan zu landen. Die Plätzchen sind gebacken, das Cottage ist gemütlich dekoriert, denn kurz vor dem Fest hat sich ein Fotograf angekündigt, um für ein Magazin Fotos zu machen. Dann bricht ein Schneesturm über Cornwall herein, Mags und ihre Gäste sind von der Außenwelt abgeschnitten. Sie lädt den Fotografen und sein Team kurzerhand ein, Weihnachten mit ihnen zu feiern. Doch dann stolpert sie im Garten über die Leiche des Fotografen. Die Polizei kommt nicht zu ihnen durch, und so muss Mags selbst nach dem Mörder suchen – mit tatkräftiger Unterstützung von Agatha.

MARY ANN FOX

JE STILLER DER TOD

EIN CORNWALL-KRIMI

aufbau taschenbuch

MIX
Papier aus verantwortungsvollen Quellen
FSC® C083411

ISBN 978-3-7466-3784-6

Aufbau Taschenbuch ist eine Marke
der Aufbau Verlage GmbH & Co. KG

2. Auflage 2021

Umschlaggestaltung www.buerosued.de, München
unter Verwendung eines Bildes von
© mauritius images/David Chapman/Alamy
Satz Greiner & Reichel, Köln
Druck und Binden CPI books GmbH, Leck, Germany
Printed in Germany

www.aufbau-verlage.de

Every idiot who goes about with
›Merry Christmas‹ upon his lips should be boiled
with his own pudding, and buried with a stake
of holly through his heart. He should!

Ebenezer Scrooge
»Weihnachtsgeschichte« von Charles Dickens

Deck the halls with boughs of holly.
Fa-la-la-la-la, la-la-la-la!
Tis the season to be jolly.
Fa-la-la-la-la, la-la-la-la!
Don we now our gay apparel.
Fa-la-la-la-la, la-la-la-la!
Troll the ancient Yule tide carol.
Fa-la-la-la-la, la-la-la-la!

Traditionelles Weihnachtslied

»Holly« bezeichnet im Englischen die Stechpalme,
deren Zweige seit Jahrhunderten als Weihnachtsschmuck
genutzt werden.

Es war nicht einfach für Agatha, mit ihren breiten Füßen und den kurzen Beinen durch dieses komische kalte Zeug zu watscheln. Aber sie hatte ein Ziel vor Augen und würde sich nicht davon abhalten lassen. Seit Wochen versuchten alle, sie aus dem Haus auszuschließen, weg von der Wärme, dem Essen und vor allem weg von der Frau mit der schönen Stimme und dem Geruch nach frischem Gras und Sommer. Aber Agatha würde nicht klein beigeben. Die Hühner waren keine angenehme Gesellschaft, sie pickten und plusterten sich auf und waren so damit beschäftigt, ihre Eier zu legen, dass sie nichts anderes mehr im Kopf hatten.

Eier! Wütend streckte Agatha ihren Hals und kämpfte sich weiter voran. Der Mann hatte ihr Eier ins Nest gelegt. Sie wusste, dass etwas mit diesen Eiern nicht stimmen konnte, sie kamen ja von ihm. Aber trotzdem, Agatha hatte sich auf die Eier setzen müssen. Das lag in ihrer Natur. Vielleicht, vielleicht waren sie ja …

Aber natürlich nicht. Auch nach Stunden war keine Wärme in ihnen zu spüren gewesen, keine

Bewegung. Er hatte sie belogen. Menschen wie ihm konnte man nicht vertrauen. Männern konnte man nicht vertrauen. Ein Mann hatte ihre Mutter geholt und dann …

Agatha zischte das weiße Zeug um sie herum an. Sie würde sich nicht aufhalten lassen. Das Schloss am Stall war neu, aber sie hatte einen Weg gefunden.

Menschen! Nein, nicht alle. Sie nicht. Aber der Mann. Die Menschen, die wie er waren, rochen anders und stanken und hatten es verdient, dass sie sie zwackte und kniff.

Einer ihrer Füße rutschte auf der dünnen Eisdecke aus, die von dem weißen Zeug bedeckt war. Sie schlug mit den Flügeln, und feine, weiße Flocken wirbelten im ersten Morgenlicht auf. Das sah schön aus. Sie breitete ihre Flügel aus und beobachtete, wie glitzernde Flocken um sie herum aufstoben. So weiß wie sie. Sie mochte weiße Dinge.

Doch als sie weiterging, leuchtete vor ihr inmitten des Weiß etwas rot auf. Rot war nicht gut. Füchse waren rot. Blut war rot. Sie hielt inne und machte sich bereit zu kämpfen. Keine ihrer Art würde sich kampflos ergeben. Sie würde sich und das Heim verteidigen. Vorsichtig näherte sie sich der Stelle.

Doch was da lag, bewegte sich nicht. Ein Mensch. Weiße Flocken in den Haaren und auf den Wimpern. Ein widerlich saurer Geruch hing in der Luft. Das schöne Weiß hatte sich rund um seinen Kopf rot verfärbt. Sie kniff mit dem Schnabel vorsichtig in die Hand des Menschen, die blau aus dem Weiß und Rot hervorragte. Kalt, tot. Ob der Fuchs den Menschen getötet hatte?

Zischend und schnatternd hüpfte sie über den Körper hinweg, weiter zum Haus. Würde man sie nicht hineinlassen, würde sie so lange Lärm machen, bis jemand öffnete. Sie musste doch auf ihren Menschen aufpassen.

Jetzt erst recht. Agathas Platz war bei ihr. Und niemand würde daran etwas ändern können.

Niemand.

1

EINIGE TAGE ZUVOR

»Ich weigere mich, eine versnobte Fotografin durch mein Haus laufen zu lassen. Und dann noch an Weihnachten. Nein, nein, nein!«

Mags Blake saß in der Küche ihres Cottages, holte tief Luft und wollte gerade erneut ansetzen, als sie den Fehler machte, in Cynthias Gesicht zu sehen. Cynthia Collins, eine Freundin aus Kindheitstagen und Besitzerin eines der schönsten und größten Gartenfachgeschäfte in Cornwall, hatte große, strahlend hellblaue Augen. Schon zu Schulzeiten hatte sie diese innerhalb von Sekunden von Tränen überschwemmen lassen können und war damit bei Lehrern und den Jungs ziemlich erfolgreich gewesen. Auch Mags merkte, wie sie kurz weich wurde, riss sich dann aber wieder zusammen und schüttelte den Kopf.

»Darauf falle ich nicht rein, Cynthia. Spar dir deine Krokodilstränen für jemand anderen auf. Ich will einfach nicht, dass fremde Leute durch mein Zuhause trampeln.«

Cynthia blinzelte die Tränen weg und richtete

sich auf. Innerhalb von Sekunden war sie nun wieder ganz die Geschäftsfrau. Mags musste lächeln. Niemand machte den Fehler, Cynthia zweimal zu unterschätzen.

Vor dem Fenster war der November mit all seinem Regen und Wind in Rosehaven eingezogen und hatte die letzten Blätter endgültig von den Bäumen gerissen. Der Herbst lag hinter ihnen, sonnig und warm wie in einem Bilderbuch war er gewesen. Mags hatte jede freie Sekunde in dem Garten ihres neuen Cottages verbracht und ihn zu neuem Leben erweckt. Wobei erst die nächsten Jahre zeigen würden, ob sie damit erfolgreich gewesen wäre.

Als ihr Mann Sam sie im Mai zu dem leer stehenden Cottage gebracht hatte, war es Liebe auf den ersten Blick gewesen. Und wie durch ein Wunder gehörte es nun ihnen. Nun ja, eigentlich der Bank, der sie den dicken Kredit abgerungen hatten, unter Einsatz von Sams Ersparnissen und mit der Auflage, auch Mags' Geschäft, den Evergreen Gartenservice in den zum Cottage zugehörigen Nebengebäuden unterzubringen. Aber ihre beiden Namen standen am Briefkasten oben an der Straße. Und Mags' erklärtes Ziel war es, Haus und Garten mit jedem Handgriff zu etwas ganz Besonderem zu machen.

Die Küche war für ein altes Cottage erstaunlich groß, einer der Vorbesitzer hatte behutsam einige Wände entfernt und so mehr Platz geschaffen. Prunkstück der Küchenzeile war ein großer altmodischer Gasherd, dessen Armaturen kupferfarben glänzten. Was aber nicht eifrigem Putzen zu verdanken war, sondern eher der Tatsache, dass weder Mags noch ihr frisch angetrauter Ehemann Sam sonderlich oft kochten.

Ihnen reichte es völlig, das Gemüse aus dem Garten mit etwas Öl in den Backofen zu schieben und dazu Käse und Brot zu essen. Da das Brot meist frisch aus dem Ofen von Mags' väterlichem Freund und Vertrauten Jim kam, war es allein schon ein Genuss. Und der Käse kam vom Hof der Stones, die seit Jahr und Tag aus der dicken cornischen Milch einen cremigen Cottage Cheese und einen würzigen Hartkäse herstellten. Schlicht, aber äußerst köstlich. Die vor einigen Jahren plötzlich auflodernde Begeisterung der Touristen für gutes Essen und regionale Produkte hatte viele der kleinen Höfe in Cornwall gerettet. Mags war sehr dankbar dafür, da es dem Dorf Rosehaven, das in einer Bucht am Übergang des Helford River zum Meer lag, neue Perspektiven bot. Und alles, was dafür sorgte, dass vor allem junge Menschen sich wieder ein Leben in Cornwall vorstellen konnten, war gut.

In der Ecke des Raumes stand ein kleiner Bollerofen, den Mags am Morgen angeheizt hatte. Das Cottage verfügte über eine Zentralheizung, und würde es noch einige Grad kälter werden, müssten sie sie auch benutzen. Aber da es draußen trotz Sturm und Regen immer noch über zehn Grad waren, reichte die behagliche Wärme der im Haus verteilten Öfen und des Kamins im Wohnzimmer aus.

Auf dem Küchentisch, dessen Holzplatte die Spuren jahrzehntelanger Nutzung trug, lag ein dickes, in grünes Leder gebundenes Buch. Mags' Gartenbuch. Bevor Cynthia wie ein Wirbelwind durch die Küchentür hereingestürmt war, war Mags damit beschäftigt gewesen, ihre Notizen des vergangenen Sommers zu übertragen. Gartenbücher hatten eine lange Tradition, die Mags fortzuführen gedachte. Sie vermerkte Grundrisse des Gartens, eigene Zeichnungen, notierte Wetter und Regenmengen. Sie vermerkte, welche Pflanzen sie wann gesetzt hatte, und führte penibel Buch über Erfolge und Misserfolge. Natürlich hatte sie auch mit modernen Methoden die Beschaffenheit und Zusammensetzung des Bodens untersuchen lassen. Zumindest den pH-Wert sollte jeder Gärtner kennen, um dann sinnvoll damit arbeiten zu können. Wobei Mags zugegebenermaßen ein Griff in die Erde, ein Gespür für ihre Konsistenz und ihren Geruch ebenso viel verriet.

Cynthia versuchte es erneut.

»Aber dein Cottage ist perfekt dafür! Deine Möbel, die farbigen Wände und die alten Böden, dazu ein verschneiter Garten mit einem vereisten Bach und schneebedeckte Weiden. Und wenn ich dann noch meine Deko und den phantastischen Baum und ...«

»Cynthia! Draußen regnet es. Seit Tagen! Und wir hatten in Cornwall seit Jahren keinen Schnee mehr zu Weihnachten. Mein Garten ist ein einziger Matschhaufen, und im Haus gibt es mehr Baustellen als fertige Räume.«

Mags und Sam waren bei Weitem nicht mit der Renovierung fertig. Sam arbeitete an seiner immer erfolgreicher verlaufenden Karriere als Autor von Kinder- und Jugendbüchern, und Mags' erfolgreiches Unternehmen, der Evergreen Gartenservice, beanspruchte sie eigentlich durchgehend. Sie hatte sich auf die Neuanlage von Gärten und auf die Pflege der Gärten der unzähligen Ferienhäuser der Region spezialisiert. Außerdem hatte sie zusammen mit dem bekannten Landschaftsarchitekten Gulliver mehrere neue Aufträge an Land gezogen, was phantastisch war, aber noch mehr Arbeit bedeutete. Innerhalb von zwei Jahren war ihr kleines Ein-Frau-Unternehmen auf einen Betrieb mit vier Angestellten und einem Dutzend Aushilfen angewachsen.

»Ach was, das bekommen wir schon hin! Und die Fotografin – die übrigens Lea heißt und die Cousine einer Freundin ist, und zwar überhaupt nicht versnobt, sondern äußerst reizend – kann heutzutage doch eh alles Mögliche anstellen, damit die Bilder hinterher perfekt aussehen.«

Mags war noch nicht überzeugt.

»Ich wohne hier nicht alleine. Sam wird sicherlich …«

Ein Fehler. Sie konnte es an dem Blitzen in Cynthias Augen sehen.

»Oh, mit Sam habe ich schon gesprochen. Er findet die Idee wunderbar und meinte, ein solcher Artikel wäre eine tolle Werbung für ihn und seine Bücher.«

Mags schloss die Augen. Wie konnte ein einzelner Mensch, der so unschuldig aussah wie Cynthia, sie nur innerhalb von Sekunden so umzingeln und überwältigen? Und warum zum Teufel hatte Sam einfach so zugestimmt? Dann dachte sie an Cynthias Trick mit den großen feuchten Augen. Dagegen war ihr Mann sicherlich nicht immun gewesen. Sie hätte ihn vor Cynthia eindringlicher warnen müssen. Verdammt!

»Und für dein Unternehmen ist es ja auch eine tolle Werbung, noch dazu kostenlos. Und ein Honorar bekommst du mit dazu. Sieh es als Weihnachtsbonus.«

»Werbung ist gut, aber …«

Cynthia wusste, dass sie Mags fast am Haken hatte, und zog ihren letzten Trumpf aus der Tasche. Ihre Stimme schnurrte.

»Und ich gebe dir für das gesamte nächste Jahr einen Rabatt im Laden.«

Mags wusste, dass sie verloren hatte. Cynthias Gartengeschäft war für sie so etwas wie die Schokoladenfabrik von Willy Wonka für eine ganze Generation von Kindern. Sie konnte den Pflanzen dort einfach nicht widerstehen.

»Ich will dreißig Prozent. Auf alles!«

»Pffft, in deinen Träumen! Fünf.«

Jetzt war es an Mags, sich zurückzulehnen und ihre Freundin anzulächeln.

»Dann kannst du dir für dein Projekt ein anderes romantisches Cottage suchen.«

»Na gut. Zehn.«

»Fünfzehn – und ich habe bei der Innendekoration des Cottages ein Vetorecht gehen kitschige Engel und alles, was lila ist.«

Cynthia dachte nach und lächelte dann.

»Okay. Fünfzehn Prozent. Und ich werde dir keine lilafarbenen Engel an den Baum hängen. Obwohl …«

Bevor Cynthia ihren Satz zu Ende sprechen konnte, war aus dem Flur ein lautstarkes Poltern zu hören, gefolgt von einem lauten Schnattern und der Stimme eines Mannes, der aus voller Kehle fluchte.

»Oh nein …«

Mags sprang auf.

»Was in aller Welt?«

Cynthia starrte entsetzt auf das weiße Etwas, das mit lautem Schnattern in die Küche geschossen kam, neben Mags stehen blieb und seinen Kopf an ihrem Bein rieb.

»Mags! Wenn dieses … dieses …«

Sam stand atemlos und mit gerötetem Gesicht in der Tür.

»Wenn dieses Monster noch einmal auf mich losgeht, dann landet es umgehend im Backofen.«

»Sie muss ausgebüxt sein.«

»Sie büxt ständig aus, einer ihrer Vorfahren muss Houdini gewesen sein. Aber ich will sie nicht frei im Garten herumlaufen haben. Und hier im Haus schon mal gar nicht. Sie kneift mich. Ständig.«

Er holte Luft.

»An Stellen, an die keine gute Gans ihren Schnabel stecken sollte.«

Wütend starrten sich Gans und Mann an.

»Sie ist verrückt.«

Das wurde von einem weiteren lauten und wütenden Schnattern quittiert. Mags versuchte verzweifelt, ein Grinsen zu unterdrücken, und strich der Gans sanft über den Kopf.

Erst dann bemerkte Sam, dass ein Gast am Küchentisch saß, und Mags beobachtete lächelnd, wie das Gesicht ihres Mannes in Sekundenschnelle rot wurde.

»Oh. Hallo Cynthia.«

»Hallo Sam. Und wen haben wir denn da?«

Mags bückte sich und hob die Gans mit einem leichten Ächzen hoch und setzte sich mit ihr wieder auf den Stuhl am Esstisch.

»Das ist Agatha. Sie mag grundsätzlich keine Männer, und Sam anscheinend am wenigsten von allen.«

»Ah, verstehe.«

Cynthia, die wie Mags auf dem Land groß geworden war und ihre Erfahrungen mit Gänsen hatte, betrachtete die große Gans auf Mags' Schoß skeptisch.

»Sie ist ... eine Weihnachtsgans?«

Mags schüttelte vehement den Kopf, sah aber aus den Augenwinkeln, wie Sam ebenso energisch nickte.

»Ein Geschenk von Jim. Er hat sie uns als junge Gans gebracht, damit wir sie dick und rund füttern können.«

Sam ging vorsichtig, so weit wie möglich von Mags entfernt, durch die Küche zur Teekanne, wurde dabei aber von der Gans angezischt.

»Sie wird so was von unser Weihnachtsbraten!«

»Wird sie nicht!«

Cynthia sah von Sam zu Mags, die die dicke weiße Gans auf ihrem Arm weiter streichelte.

»Ah. Ich sehe, ihr seid euch einig.«

Dann lachte sie.

»Lea, die Fotografin, wird das lieben. Bitte versprecht mir, dass eure Agatha nicht vor Heiligabend geschlachtet wird! Sie wird sich wunderbar auf den Fotos machen. Sicherlich kann ich irgendwo noch einen roten Schal und eine kleine Mütze auftreiben.«

Sam sah Mags erstaunt über den Rand seiner Teetasse hinweg an.

»Fotos? Habe ich etwas verpasst?«

»Oh, schon so spät? Ich muss los, meine Lieben!«

Cynthia griff nach ihrer Handtasche, stand schnell auf und stürmte zur Küchentür.

»Ich sage Lea dann zu und mache alles klar. Ich denke, wenn wir in der Woche vor dem Fest mit der Dekoration beginnen, passt das gut. Ich habe da einige phantastische Ideen …«

Und mit einem letzten Lächeln schob sie sich durch die Küchentür und war verschwunden.

Mags sah ihr nach und dann zu Sam, der immer noch in sicherer Entfernung am Spülstein lehnte.

»Ich glaube, ich bin gerade über den Tisch gezogen worden.«

Dann lachte sie und gab Agatha mit der Nase einen Stups gegen ihren Schnabel.

»Fünfzehn Prozent. Aber bei Gelegenheit werden wir ihr das trotzdem heimzahlen, richtig?«

2

Mags hatte Agatha zurück in ihren provisorischen Stall bei den Hühnern gebracht. Auch die Hühner waren ein Geschenk von Jim gewesen, zum Einzug. Mags mochte die acht Damen, besonders, da sie sie seit ihrem Einzug in den neu gebauten Stall regelmäßig mit Eiern versorgten. Jim hatte den Stall mit einem großen Auslauf versehen, der von Maschendraht umgeben war und die Hühner davon abhielt, in Mags' Garten auf Erkundungstour zu gehen.

Agatha brauchte wie alle Gänse viel Auslauf und sollte sich eigentlich tagsüber frei im Garten bewegen können – leider führten ihre leidenschaftlichen Attacken gegen Sam und andere männliche Besucher dazu, dass sie immer wieder in ihrem Gehege eingesperrt wurde. Eine alte Badewanne diente als Teichersatz, und nachts konnte Agatha zum Schutz vor den Füchsen in eine kleine Hütte gebracht werden. Wobei die Gans nun mal jede Gelegenheit nutzte, bei Mags zu sein.

»Wie bist du jetzt wieder herausgekommen?«

Mags untersuchte den Zaun nach Lücken, konnte aber keine finden. Dann sah sie sich den Riegel am Tor nachdenklich an.

»Hast du etwa gelernt, den zu öffnen? Das kann aber nicht sein, oder?«

Mags setzte die protestierende Gans zurück in das Gehege und zog die Tür zu. Sorgfältig legte sie den Riegel um und warf Agatha einen strengen Blick zu.

»Du bleibst hier. Sonst macht Sam seine Drohung wirklich wahr. Verstanden?«

Die Gans drehte sich um und watschelte in ihre Hütte. Mags seufzte.

Der Regen hatte ausgesetzt, und die schon niedrig stehende Novembersonne schien auf ihren Garten. Wenn die Fotografin käme, müsste Mags sich einiges einfallen lassen, um aus dem matschigen Braungrau etwas romantisch Weihnachtliches zu zaubern.

Die Wege müssten auf jeden Fall mit frischem Kies bedeckt werden. Wege umrahmten in einem Garten alles. Sie schafften Struktur und waren wie eine Einladung einzutreten. Das Grün der verblühten Stauden, die zurzeit wie gefallene Krieger am Boden lagen, könnte sie zusammenbinden. Das sah schön aus – und war etwas, das Mags sonst aus Zeitgründen meist nicht tat. Unter das vorspringende Reetdach des Cottages würde sie einige Blütendolden und Kräuter zum Trocknen hängen. Die wären dann vielleicht ein Foto wert. Sie könnte aus Efeu und Stechpalmenzweigen kleine traditionelle

Kränze winden und an die Zäune binden. Mags lächelte und summte die ersten Zeilen des alten Weihnachtsliedes *The Holly and the Ivy*. In ihrem Garten wuchs keine Stechpalme, aber sie kannte eine Stelle weiter in Richtung Küste, wo sie sicherlich einige Zweige würde holen können. Oder besser, Cynthia könnte Zweige aus ihrem Laden mitbringen. Die kamen ohnehin von Farmen, und Mags könnte die Zweige mit ihren dunklen Früchten in der Natur für die Vögel und Tiere stehen lassen.

Der Gedanke an die Tiere brachte sie auf weitere Ideen, und suchend ging sie durch den Garten.

Vielleicht könnte sie einige schöne Futterstationen für die Vögel und Eichhörnchen bauen und kleine rote Äpfel, in Fett gegossene Samen, Kerne und Nüsse aufhängen? Hier bei ihr auf dem Land fanden die Tiere anders als in den Städten im Normalfall selbst ausreichend Futter, aber zu Weihnachten wäre das sicherlich in Ordnung. Wenn es wenigstens frieren würde an dem Tag, dann könnte sie Anhänger aus gefrorenem Wasser machen und Hagebutten und andere Früchte einarbeiten. Das hatte sie früher mit ihrem Vater gemacht und die kleinen Kunstwerke dann als Schmuck an die Zweige im Garten gebunden.

An der Zufahrtsstraße standen Pappeln, und Mags hatte gesehen, dass zwischen ihren Ästen viele Misteln wuchsen. Sie würde einige davon abschneiden und ebenfalls mit Bändern zusammenbinden und aufhängen. Rot und grün. Die Farben des Gartens. Natürlich, ein wenig kitschig, aber aus dem gefertigt, was der Garten hergab.

Sam hatte mit ihr zusammen schon vor Wochen am Rande der Wiese einen Haufen aus alten Zweigen, Steinen und Blättern angelegt, in dem Igel und Kröten und anderes Getier besser durch den Winter kommen würden. Sie könnte den Haufen um einige alte Tongefäße ergänzen, bestimmt wäre auch das ein Foto und einen Absatz im Artikel wert. Mags sorgte nicht ganz selbstlos für die Tiere, denn sie wusste, dass sie als Fressfeinde ihre Chance gegen die auch in Cornwall eingeschleppten Nacktschnecken wären. Zusammen mit Agatha bildeten die Kröten und Igel so ihren hauseigenen Schneckenabwehrtrupp: immer bereit, den schleimigen Schädlingen entgegenzutreten.

Aus den Zweigen der alten Weide, die im Mai von einem Sturm entwurzelt worden war, hatte Mags im Westen des Grundstücks einen Totholzzaun aufgebaut, der durch den Abschnitt der Büsche und Hecken immer weiter gewachsen war. Er bot ebenfalls Tieren und Insekten Unterschlupf, war aber vor allem ein guter Schutz gegen den Wind, der von der See aus bis zu ihrem Cottage wehen konnte.

Sie seufzte, als ihr Blick auf die matschigen Beete und den braunen Rasen fiel. Schnee wäre natürlich phantastisch, aber auch völlig unwahrscheinlich.

Sie sollte sich keinen Hoffnungen hingeben und einfach darauf setzen, dass die Fotografin schon wissen würde, was sie tat.

Im Cottage würde sie zusammen mit Cynthia Girlanden aus Immergrün winden und um die Türrahmen und Kamine hängen. Der Kaminsims war aus einem Stück alter Eiche gefertigt und glänzend poliert, er würde genügend Platz für die von Miss Clara aufwendig bestickten Strümpfe bieten.

Miss Clara. Mags spürte, wie all die Sorgen und Ängste der letzten Monate wieder in ihr hochstiegen. Im Frühjahr war bei ihrer Freundin und ehemaligen Vermieterin Krebs diagnostiziert worden. Die Therapie schien angeschlagen zu haben, hatte die sonst so energiegeladenen Frau aber schwer getroffen. Der Gedanke, dass sie sie fast verloren hatte, schnürte ihr die Kehle zu. Das Wissen, dass es nur ein Sieg auf Zeit war, dass der Krebs wiederkommen könnte, machte ihr Angst. Gerade war Miss Clara zu einer Reha in einer Klinik in Bath, sie würde aber Weihnachten bei Mags und Sam im Cottage verbringen.

Miss Claras Mann, der mittlerweile außer Dienst gestellte Inspector Eric Johnson, würde über die

Festtage seine Kinder aus erster Ehe und sein neugeborenes Enkelkind in London besuchen und am zweiten Feiertag zu ihnen stoßen. Es würde ein ruhiges Fest werden, nur Mags und Sam, Miss Clara und Jim. Das erste Weihnachtsfest in ihrem eigenen Cottage und das erste, das sie und Sam als Mann und Frau miteinander verbringen würden.

Mags musste über sich selbst lächeln. Weihnachten machte sie immer ganz sentimental. Aber dafür hatte sie nun, auch dank Cynthia, wahrlich keine Zeit. Mit gerunzelter Stirn blickte sie über ihren Garten.

»Womit fange ich bloß an?«

Dann machte sie sich, Weihnachtslieder summend, lächelnd an die Arbeit.

»Du wirst nicht fahren können.«

Sie hielt den Telefonhörer mit starren Fingern umklammert.

Ein einziger Fehler, ein einziger kleiner Fehler, und er war sie schon so teuer zu stehen gekommen.

»Aber der Auftrag ist über meine Kontakte zustande gekommen, und man erwartet mich dort. Ich kann doch nicht so einfach absagen.«

Doch die Stimme am anderen Ende der Leitung schien das nicht zu beeindrucken.

»Dann bekommst du eben eine Grippe, oder eines deiner reizenden Kinder wird krank oder was auch immer. Auf jeden Fall fährst du nicht nach Cornwall.«

Sie schloss die Augen. Ihr Kopf dröhnte, und in ihrem Magen hatte sich ein eisiger Klumpen gebildet.

»Das ist eine Reportage für das *Country Life Magazin*. Ein heimeliges Cottage, verschneite Gärten, Weihnachten. Das ist doch überhaupt nicht dein Stil. Was willst du denn bloß dort? In dem kleinen Ort gibt es keine Stars oder Skandale. Nach allem, was ich weiß, ist es dort wahrscheinlich nicht so aufregend wie in Madrid oder Nizza oder weiß der Teufel, wo du gerade bist.«

»Das geht dich nichts an. Mach einfach, was ich gesagt habe, oder …«

»Ja, natürlich. Wobei ich wirklich …«

Ein Tuten aus dem Hörer machte ihr klar, das ihr Gesprächspartner aufgelegt hatte.

»Zur Hölle mit dir!«

Sie atmete tief ein und aus und legte dann ihr Telefon langsam und vorsichtig auf die Schreibtischplatte. Wut würde das Pochen in ihrem Kopf nur noch schlimmer machen.

Sie blickte aus dem Fenster ihres Büros im zehnten Stock des großen Büroturms, in dem die Fotoredaktion ihres Verlages ihren Sitz hatte. Unter ihr lagen die grauen und nassen Straßen Londons. Cornwall wäre wirklich schön gewesen. Aber dann seufzte sie und griff wieder zum Hörer. Sie würde sich eine gute Ausrede einfallen lassen müssen.

Ein einziger Fehler. Ein einziger, verhängnisvoller Fehler …

Sie wünschte, sie könnte die Zeit zurückdrehen.

3

Das kleine Radio in der Küche war auf einen lokalen Radiosender eingestellt, dessen Redaktion wohl beschlossen hatte, über die Feiertage dieselben zwanzig Weihnachtslieder einfach in einer Dauerschleife abzuspielen. Mags stellte sich vor, wie die Mitarbeiter des Senders mit einem Glas Eierpunsch in der Hand und glasigen Augen zum hundertsten Mal *Last Christmas* hörten. Sie selbst störte das nicht. In ihren Augen konnte es kein Zuviel an Weihnachtsliedern geben. Zumindest nicht in diesem Jahr.

Sam hatte nur einen gequälten Blick auf das Radio und auf den mit Schleifen, Kugeln, Tannenzweigen und Bindedraht überdeckten Küchentisch geworfen und war dann in sein Arbeitszimmer verschwunden. Mags störte auch das nicht. Sie und Cynthia saßen am Tisch und unterhielten sich über die im Hintergrund laufende Musik hinweg. Ab und an griff Mags in die Dose mit den Keksen, die Cynthias Mann gebacken hatte. Der Duft von Zimt und Ingwer vermischte sich mit dem der Tannenzweige, nur manchmal überlagert von einem Hauch Lösungsmittel. Cynthia hielt eine gefährlich aussehende professionelle Heißklebepistole in der Hand – die geheimen Allzweckwaffe einer jeden Floristin.

»Und dann sagt Lea so einfach ab! Die Arme ist krank geworden, so kurz vor Weihnachten. Lebensmittelvergiftung. Ich hoffe, sie ist schnell wieder auf den Beinen.«

»Und wer kommt stattdessen?«

»Ein gewisser Charlie A. Milver. Er bringt seinen Assistenten mit. Und da sie beim Magazin wohl so angetan von Leas Idee waren, kommt auch noch eine der Redakteurinnen mit, sie heißt Diana Tyler. Sie wollen wohl etwas Größeres daraus machen und auch noch vorher bei mir in der Gärtnerei und an einigen anderen Orten vorbeischauen. Wahrscheinlich so was wie die Weihnachtslichter im Hafen von Mousehole und die geschmückten Kaltblüter der örtlichen Brauereien und so. Die üblichen Weihnachtssachen halt.«

Zufrieden drehte Cynthia die Schale aus angelaufenem Kupfer hin und her, in die sie mit wenigen Handgriffen ein Gesteck aus Stechpalmenzweigen, Amaryllisblüten und Moos gearbeitet hatte.

»Die Redakteurin wurde von Lea in den höchsten Tönen gelobt. Und den Fotografen habe ich gegoogelt. Er macht sonst wohl vor allem so Modekram und fotografiert die Reichen und Schönen. Er ist selbst ein halber Star und taucht auf allen möglichen Veranstaltungen und Partys auf.«

Mags lächelte und kniff dann den letzten Rest Draht ab, mit dem sie eine Girlande aus Zweigen und Ästen gewunden hatte. Dann hielt sie sie zur Prüfung unter Cynthias kritische Augen. Mags war Gärtnerin, und wahrlich keine schlechte, aber Floristin war sie nicht, und Innendekoration stand eher selten auf ihrem Arbeitsplan.

»So?«

Cynthia begutachtete Mags' Werk und nickte dann.

»Du kannst morgen dann noch einige Hagebuttenzweige und etwas von dem Efeu einarbeiten, aber nicht zu ordentlich.«

Mags griff in die Keksdose, die schon bedenklich leerer geworden war.

»Reich und schön sagtest du? Dann ist er hier ja genau richtig!«

Cynthia hob die Schultern.

»Ich weiß auch nicht, warum gerade er kommt. Vielleicht hat er Sehnsucht nach dem einfachen Leben auf dem Land, oder er träumt heimlich von einem eigenen Cottage oder will zu Weihnachten seiner Familie entkommen. Wer weiß ...«

Mags griff nach den nächsten Zweigen und dachte nach.

»Das könnte wirklich sein. Also das mit dem Wunsch nach einem Cottage. Im letzten Sommer habe ich so viele neue Kunden gewonnen, die alle aus London hierhergekommen sind und Unsummen für ein eigenes kleines Häuschen ausgegeben haben. Teilweise auch Häuser, die früher wegen ihrer Entfernung zum Meer oder aus anderen Gründen Urlaubern gar nicht erst angeboten worden wären. Und viele wollen dann einen Garten, der möglichst natürlich sein soll. Oder besser gesagt: natürlich aussehen soll. Sie haben Sendungen gesehen über Leute, die so etwas machen, und wollen das dann auch. Gemüsebeete, Obstbäume, Hühner, einen Komposthaufen.«

Sie hob hilflos die Schultern.

»Und wenn ich ihnen dann erkläre, das so ein Garten aber auch bedeutet, dass man am Tag mehrere Stunden in seine Pflege investieren muss, dass er gegossen und umgegraben werden muss, dass Hühner gefüttert und versorgt werden müssen, dass ein Komposthaufen bedeutet, eine Menge Material regelmäßig umzuschichten und genauestens zu beobachten, dann sind sie erstaunt und auch immer ein bisschen beleidigt. Bei Jamie Oliver würde das doch auch so toll aussehen. Der hat allerdings auch Gärtner, die sich darum kümmern.«

Cynthia lachte.

»Sie wollen einen Garten, wie du ihn hast, aber ohne die Arbeit?«

»Genau. Es ist ja noch nicht mal böse gemeint, sie haben halt nur die Idee, dass das schon alles von alleine wächst und dann aussieht wie in ihren Kinderbüchern und genau den Magazinen wie eben dem *Country Life*. Und ich muss sie dann enttäuschen. Und ihnen Alternativen bieten.«

»Ich habe gehört, du probierst ein neues System aus? Erweiterst du dein Team?«

Mags war mal wieder begeistert davon, wie gut das cornische Informationssystem aus Klatsch und Tratsch über die Läden und Pubtheken hinweg funktionierte.

»Ja. Und ich hoffe, es wird klappen. Meine Mitarbeiter und ich schaffen die Arbeit in den Gärten bald nicht mehr. Und dann stand ich im August in einem Dorf, in dem neu angelegten Garten eines Ferienhauses, und habe vor mich hin geflucht. Ich musste gießen, das Unkraut ziehen, die jungen Bäume nach Schädlingen absuchen – einer meiner Mitarbeiter war krank, und daher musste ich selbst los. Die Anfahrt dauerte schon eine halbe Stunde, und bis ich dann vor Ort alles gefunden hatte … Meine Laune war nicht die beste. Und dann lehnte sich auch noch ein neugieriger Nachbar über den Gartenzaun. Ihm gehörte das Haus die Straße runter, und er wollte mich über die neuen Besitzer ausfragen und einen Plausch halten. Ich war wirklich nicht sonderlich höflich, aber er lud mich trotzdem ein, seinen Garten anzusehen.«

Sie griff in die Keksdose.

»Du weißt, dass ich so einem Angebot noch weniger widerstehen kann als Keksen. Und sein Garten war schön, gepflegt bis in die letzte Ecke. Der Mann war Pensionär, noch ziemlich fit, und hatte Langeweile. Und da kam mir die Idee.«

Mags kaute genüsslich und lächelte.

»Der Mann, Charles, wurde mein erster GFJ.«

»GFJ?«

»Garden Fence Jumper – ein Gartenzaunspringer. Ich habe ihn vom Fleck weg angestellt. Er kann sich neben seiner Rente etwas dazuverdienen, indem er, wenn die Besitzer selbst nicht da sind, sozusagen über seinen Zaun springt, bei ihnen nach dem Rechten sieht und die anfallenden Arbeiten übernimmt. Er hat keine Anfahrt, im Zweifelsfall sein eigenes Werkzeug vor Ort und kennt die Gegebenheiten. Für die Besitzer des Ferienhauses ist es auch super: Sie haben einen Garten, in dem auch das wächst, was im Sommer jeden Tag Wasser braucht, jemand hat ein Auge auf ihr Haus, und sie sind schnell angebunden an das Umfeld und das jeweilige Dorf.«

»Win-win.«

»Ja. Ich kann mehr Aufträge annehmen, mehr Gärten neu anlegen und schaffe mir nach und nach eine Gruppe von Hobbygärtnern in ganz Cornwall, die stundenweise für mich arbeiten. Bisher habe ich sechs GFJs angeworben, aber nächstes Jahr sollen es noch mehr sein.«

Cynthia lachte.

»Deine eigene kleine Truppe von Wichteln! Als du damals hierher zurückgekommen bist und deine eigene Firma aufgemacht hast – ich muss zugeben, ich war skeptisch. Und ich war nicht die Einzige.«

Mags sah sie mit gerunzelter Stirn an und wollte gerade etwas sagen, als Cynthia schnell weitersprach.

»Oh, versteh das nicht falsch! Als du damals nach Amerika gegangen bist, da warst du noch so jung. Und als du wiedergekommen bist, dachte ich, du fängst zu groß an. Ich wollte dir sogar schon einen Job bei mir anbieten. Aber dann habe ich gesehen, wie du gekämpft hast. Du bist eine verdammt gute Gärtnerin und eine verdammt gute Geschäftsfrau noch dazu. Mags, das ist eine wirklich gute Idee mit deinen GFJs! Ich wette, das wird Kreise ziehen. Und vor allem hast du dann nach und nach in allen Dörfern hier in der Gegend Leute, die dir von neuen Gästen oder möglichen Aufträgen erzählen. Und Werbung für dich machen, oder? Das ist echt schlau.«

Mags lehnte sich zurück. Sie war äußerst zufrieden mit sich. Und ein Lob von Cynthia war selten.

»Ich habe für heute Abend die sechs GFJs zu einem Weihnachtsumtrunk ins Golden Budgie eingeladen.«

Das Golden Budgie war Rosehavens Pub und Mittelpunkt des sozialen Lebens des Dorfes und der Region. Das Bier war gut und die Preise fair, das Essen lecker, und wer an einem verregneten Abend nicht alleine zu Hause sitzen wollte, war dort genau richtig. Mr Kelvin, der Wirt, und seine Frau würden auch an den Feiertagen die Tür zu ihrem Pub wie gewohnt öffnen und für einige der älteren Dorfbewohner am ersten Weihnachtsfeiertag ein traditionelles Essen auf den Tisch bringen. Sam war seit seinem Umzug nach Rosehaven ein begeisterter Gast des Golden Budgie. Nicht wegen der Getränke oder des Essens. Sondern wegen der Geschichten, die im Pub erzählt wurden. Mags wusste, dass ihr Mann alles, was ihm erzählt wurde, ob alte cornische Sagen, Lebensgeschichten oder Klatsch aus dem Dorf, in einem seiner dünnen Notizbücher aufschrieb. Sie war gespannt, was er eines Tages aus dem gesammelten Material machen würde.

Cynthia grinste ihr zu.

»Du musst der Redakteurin von den GFJs erzählen. Vielleicht kann sie das in ihren Artikel einbauen.«

Im Radio wurden erneut die ersten Takte von *Last Christmas* angespielt, und Mags musste lachen.

»Weißt du noch, die Weihnachtsfeier bei Susan damals?«

»Wie sollte ich das je vergessen! Mein erster Kuss – und wer hätte gedacht, dass der Junge mit den feuchten Händen und dem schüchternen Lächeln jetzt bei mir zu Hause sitzt, Kekse backt und auf unsere Kinder aufpasst.«

»Du hast da großes Glück gehabt mit deinem Mann.«

»Ah, du mit Sam aber auch. Wobei ich ja denke, dass die beiden Männer vor allem glücklich sein sollten, dass wir ihnen unsere Gunst gewährt haben.«

Mags kicherte.

»Ach so. Ich werde Sam nachher daran erinnern.«

Sie lauschten der Musik und arbeiteten schweigend eine ganze Weile weiter. Schließlich griff Cynthia nach ihrer Teetasse und lehnte sich mit einem zufriedenen Seufzer zurück.

»Fast fertig. Ich hätte mich ja wirklich gefreut, Lea wiederzusehen. Und ich mag ihre Fotos. Sie hat im letzten Jahr eine Serie über Gärten in den Cotswolds gemacht, die wirklich wunderschön war. Nicht so aufgesetzt, nicht zu glatt, aber sehr intim und nah. Als ob man seine eigenen Urlaubserinnerungen in einigen wenigen Fotos perfekt gebündelt hätte.«

»Wann kommt der andere Fotograf denn jetzt?«

Noch ein Keks wäre Völlerei. Andererseits war fast schon Weihnachten. Mags griff zu.

Als Cynthia mit ihrer Antwort zögerte, legte

Mags den Keks langsam wieder zurück und sah ihre Freundin misstrauisch an.

»Sag schon, wann kommt er? Morgen früh? Morgen Mittag?«

»Das ist das Problem. Er wird erst übermorgen kommen können – aber er bleibt ja nur für ein paar Stunden, und dann ist er schnell wieder weg.«

»Übermorgen? Aber das ist schon Heiligabend! Ist das deren Ernst?«

»Es geht nicht anders. Er war in Spanien oder so und kommt dann erst wieder nach England.«

Mags fluchte.

»Und wann wolltest du mir das sagen? Am vierundzwanzigsten wird Miss Clara schon da sein. Eric ist in London bei seiner Familie und kommt am ersten Weihnachtstag nach. Sie braucht Ruhe, und ich will nicht, dass sie hier gestört wird.«

»Mags! Es ist ein Fotograf, keine Marschkapelle. Und er wird das obere Stockwerk ja gar nicht betreten.«

»Trotzdem. Das war anders abgesprochen!«

Mags hatte einfach keine Lust, dass ihr so sorgsam geplantes Weihnachtsfest durch irgendwelche fremden Leute gestört würde. Die Fotografin hätte am dreiundzwanzigsten Dezember kommen sollen, sie hätte ihre Bilder gemacht und wäre rechtzeitig wieder verschwunden, damit Mags alles für ihre Gäste vorbereiten konnte.

»Du wirst da sein und dich um ihn kümmern.«

Cynthia zögerte erneut, und Mags sah sie scharf an. Sie kannte den Ausdruck im Gesicht ihrer Freundin.

»Cyn! Das kannst du mir nicht antun!«

»Ach Mags, ich kann nicht. Für den dreiundzwanzigsten habe ich ja eine Vertretung in der Gärtnerei organisiert, aber am Heiligabend ist der Laden morgens noch geöffnet, und du weißt doch, wie es dann bei uns aussieht. Alle kommen und wollen auf den letzten Drücker noch etwas kaufen. Mein Liebster wird sich als Weihnachtsmann verkleiden, die Kinder sind schon ganz aufgeregt, weil sie ihm dieses Jahr helfen dürfen. Ich kann nicht so einfach aus dem Geschäft weg. Die Leute erwarten nun mal, dass ich da bin.«

»Du lässt mich alleine damit?«

»Du bist nicht alleine. Sam ist da, Jim, Miss Clara. Und du musst ja auch gar nichts machen. Vielleicht einige Fragen beantworten, ein bisschen deinen legendären Charme spielen lassen …«

»Cynthia! Jetzt gehst du zu weit. Du weißt ganz genau, dass ich weder charmant bin noch charmant sein möchte.«

»Dann schick Sam vor. Der ist es auf jeden Fall.«

Mags wollte etwas entgegnen, schloss dann aber den Mund. Cynthia hatte recht – Sam war charmant und hatte ein Talent dafür, innerhalb von

Sekunden mit jedem Menschen auf vertrautem Fuß zu stehen.

»Er wird begeistert sein.«

»Denk an die Werbung. Für dich und den Evergreen Gartenservice, und für Sams Bücher.«

Mags seufzte und griff nach dem letzten Keks.

»Dann lass uns weitermachen. Wir wollen ihnen ja auch etwas bieten, wenn sie schon mit einem Starfotografen anreisen.«

4

Mags schlug mit aller Kraft zu. Und noch mal. Verdammt!

Die Leiter wackelte, und sie versuchte, nicht das Gleichgewicht zu verlieren. Sie würde diesen verflixten Nagel schon noch in den Balken bekommen. Sie hatte zusammen mit Cynthia vier Stunden lang Girlanden gewunden, Gestecke gemacht und an der Deko gebastelt. Nun war alles im Haus verteilt. Es fehlte nur noch ein Haken für den schweren Kranz über der Eingangstür, dann war es geschafft. Die frischen Christrosen und Zweige mit Früchten würde Mags erst kurz vor der Ankunft des Fotografen verteilen.

Mit zwei weiteren Schlägen schaffte sie es, den Nagel in das jahrhundertealte Holz zu bekommen. Vorsichtig kletterte sie die Leiter hinunter und beäugte kritisch den aus Tannengrün und Efeu gewundenen Kranz. Trotz seines Unterbaus aus Stroh hatte er ein ordentliches Gewicht. Gerade, als sie überlegte, wie sie ihn die Leiter hinaufbekommen sollte, hörte sie einen Wagen auf den Hof fahren. Wer immer der Besucher war, er würde ihr helfen müssen. Ob er wollte oder nicht.

Ein silberner Aston Martin rollte vorsichtig die Einfahrt herunter. Mags hatte zwar veranlasst, dass die schlimmsten Schlaglöcher im Weg mit Erde aufgefüllt wurden, aber für den tief liegenden Wagen war die Zufahrt zum Cottage nicht gemacht. Es gab wahrlich kein unpraktischeres Auto für die engen Wege und Straßen in Cornwall – aber sie konnte so gut verstehen, warum sein Besitzer es trotzdem behielt. Auch sie liebte den kleinen Sportwagen heiß und innig. Sobald man in ihm saß, fühlte man sich, als wäre man in einen James Bond-Film gefallen und würde jeden Moment vor einem schicken Casino in Monte Carlo aussteigen, um einen Martini zu trinken und Bösewichte zu besiegen.

Der Mann, der aus dem Auto stieg, war vielleicht nicht so groß gewachsen wie die Darsteller von 007, und wahrlich nicht so jung oder durchtrainiert – aber in Sachen Eleganz konnte er es jederzeit mit dem Agenten seiner Majestät aufnehmen.

Es war Gulliver, der vor einigen Jahren, noch während Mags in Amerika gewesen war, nach Rosehaven gezogen war. Er hatte das große alte Pfarrhaus mit dem ummauerten Garten gekauft, bar bezahlt und war hinter den verschlossenen Türen verschwunden. Was es für Gerüchte im Dorf gegeben haben musste! Mags stellte sich gerne vor, wie die Tür des Pfarrhauses in den ersten Wochen von sämtlichen Damen des Dorfes mit Kuchen, Brot oder Marmelade in der Hand bestürmt worden war – und wie Gulliver entgegen aller Konvention die Geschenke dankend entgegengenommen, aber niemanden in sein Reich hineingebeten hatte.

Nach und nach war der Wirbel um sein Auftauchen im Dorf ruhiger geworden, und sie hatten den Mann, der stets korrekt und so elegant wie ein Mitglied des Königshauses gekleidet war, in ihrer Mitte akzeptiert. Nachdem er festgestellt hatte, wie gut die Küche des Golden Budgie war, hatte er sich dort jeden Abend um dieselbe Zeit an den Tresen gesetzt, ein Kreuzworträtsel in der Hand, Mrs Kelvins Essen vor der Nase und Albert, den schweigsamen letzten Fischer des Dorfes, neben sich. Die beiden Männer hatten schweigend, wie auch immer das möglich gewesen war, Freundschaft geschlossen. Wenn das Ganze etwas exzentrisch anmutete, war dies für die Dorfbewohner völlig in Ordnung. Gerade die Menschen in Cornwall wussten eine ausreichende Menge von Exzentrik zu schätzen.

Mags war dann in einem ganz anderen Zusammenhang über Gulliver gestolpert und hatte seine wahre Identität entdeckt. Die kleine Gemeinde Drabstock hatte vor zwei Jahren einen Wettbewerb ausgeschrieben. Sie suchten ein Konzept, um das stillgelegte Gelände der Zinnmine am Rande des Ortes zu nutzen und hoffentlich zu einem Magnet für Touristen zu machen. Mags hatte sich beworben und unerwartete Unterstützung von Gulliver bekommen. Und Gulliver war niemand anderes als der nicht minder exzentrische Landschaftsarchitekt C. C. Gull, der in den Neunzigern in seinen schillernden Outfits und mit seinen abenteuerlichen Gärten und den Verbindungen zur Londoner Partyszene für eine Menge Schlagzeilen gesorgt hatte.

Aus der Zusammenarbeit war eine Freundschaft entstanden – auch wenn Mags Gulliver in seinen Anzügen und mit den Einstecktüchern lieber um sich hatte als sein lautes und oft sehr überdrehtes Alter Ego C. C. Gull. Im Dorf kannte man mittlerweile Gullivers Identität, schwieg aber lächelnd und ließ ihn in Ruhe. Es war, als wäre sein Geheimnis zu dem ihren geworden.

Mags wusste, dass ab und an ein neugieriger Journalist versuchte, an Gulliver heranzutreten, aber die Neunziger waren lange vorbei und das Gesicht von C. C. Gull keine Titelseite mehr wert.

Mags kletterte von der Leiter und ging Gulliver entgegen.

»Hallo Mags! Ich sehe, du warst fleißig?«

»Ja. Ich habe mit Cynthia den ganzen Morgen gewunden und gesteckt und kann wirklich kein bisschen Tannengrün oder Efeu mehr sehen.«

»Ah, die ehrgeizige Cynthia. Eine erstaunliche Frau. Ich frage mich, ob sie jemals nicht ihren Willen durchgesetzt hat. Aber der Kranz sieht phantastisch aus. Und schwer.«

»Das ist er auch. Zwei weitere Hände wären sehr hilfreich.«

Gulliver sah an seinem Mantel bis zu seinen handgenähten Lederschuhen hinunter und lächelte Mags dann an.

»Ich wette, Sam wird das sehr gerne tun, wenn er nachher heimkommt. Ich habe ihn im Dorf getroffen, wo er gerade einen ausgiebigen Plausch mit allen Anwesenden im Dorfladen hielt.«

Sam hatte sich schon vor Stunden aus dem Staub gemacht, um, wie er es nannte, Mags bei ihrer Arbeit nicht im Weg zu stehen. Was eigentlich bedeutete, dass er so weit wie möglich weg sein wollte, um nicht stundenlang beim Dekorieren helfen zu müssen. Manchmal konnte sie Agatha ganz gut verstehen.

Mags sah Gulliver wütend an, musste dann aber doch lachen.

»Ich wette, du hast früher einen ganzen Haufen Assistenten gehabt, die dir solche profanen Dinge abgenommen haben.«

Gulliver hob beide Hände und lächelte unschuldig.

»Mags, wenn du wüsstest, wie viele Nächte ich durchgearbeitet habe, um einen Auftrag fertigzustellen, und wie viele zu schwere Dinge ich in meinem Leben schon gehoben habe. Aber du hast recht, irgendwann war ich dann so weit, dass Menschen das für mich erledigten.«

Er sah sie mit schief gelegtem Kopf an.

»Wenn du noch einige Jahre hart arbeitest, dann wirst du das auch haben können. Wenn du willst.«

»Die Assistenten?«

»Den Erfolg. Über Cornwall und die Grenzen Englands hinweg.«

Mags lachte, aber Gullivers Miene blieb ernst.

»Du solltest dich für die Chelsea Flower Show bewerben.«

»Ich sollte Samba tanzen lernen.«

»Mags! Das war kein Witz.«

»Wirklich?«

Mags merkte, wie sich ihr Herzschlag kurz beschleunigte. Die Chelsea Flower Show fand einmal im Jahr in London statt und bot auf einer großen Schaufläche am Royal Hospital fünf Tage lang Englands Gärtnern die Möglichkeit, mit kleinen Schaugärten ihr Können zu beweisen. Ein »Best in Show« oder eine Goldmedaille waren so etwas wie der Ritterschlag für einen Gärtner oder eine Gärtnerin.

Gulliver hatte in seinem früheren Leben als C. C. Gull mehrmals teilgenommen und auch gewonnen.

»Aber ich bin spezialisiert auf Hausgärten, pragmatische, schlichte und gute Gärten. Keine Meisterwerke.«

»Du hast aus einer alten Zinnmine einen Naturpark gemacht.«

»Mit deiner Hilfe.«

»Die Ideen waren deine. Und du hast etwas, was vielen anderen Gärtnern fehlt.«

Mags dachte nach.

»Einen reizenden cornischen Akzent?«

»Mags! Nein, Bescheidenheit.«

»Das hat mir noch niemand gesagt.«

»Es stimmt aber. Nicht immer in deinem Auftreten, aber in der Wahl deiner Mittel, im Einsatz der Ressourcen, im Nutzen dessen, was vorhanden ist. Du siehst dich in einem Garten um, bis du dich mit ihm auf irgendeine geheimnisvolle Art verbunden hast. Und dann ist es immer Teamwork. Du und der Garten fangen an zusammenzuarbeiten.«

Mags wurde rot.

»Das ist ein schönes Kompliment.«

»Und die Wahrheit. Wann hast du das letzte Mal teure Bäume bestellt oder Material aus einem Umkreis von mehr als hundert Kilometern? Du arbeitest mit deinen Gärten und nicht gegen sie – und das sieht und spürt man dann.«

»Aber die Chelsea Flower Show ist so anders als das, oder?«

»Ja, meistens. Aber warum fährst du nicht genau deswegen dorthin und siehst dir mal an, wie deine Art des Gärtnerns auf das Publikum wirkt?«

Allein bei dem Gedanken daran zog sich Mags' Magen zusammen. Sowohl aus Freude darüber, dass Gulliver ihr so etwas zutraute, als auch aus purer Angst.

»Darüber muss ich nachdenken.«

»Denk nicht zu lange.«

»Warum bist du eigentlich hier?«

»Ach ja, das hätte ich fast vergessen.«

Er ging zum Kofferraum seinen Wagens und holte ein sorgfältig in Papier gewickeltes Bündel Zweige heraus.

»Stechpalmenzweige! Die sind wunderbar. Und die Früchte von einem so viel intensiveren Rot als die von Cynthias Zweigen.«

»Ich habe sie aus meinem Garten. An der Mauer hinter dem Schuppen standen schon bei meinem Einzug mehrere alte Bäume. Wahrscheinlich stehen sie da schon seit Dickens' Zeiten.«

Mags freute sich über die Vorstellung, dass die Zweige vor ihr zu einer Pflanze gehörten, die schon zu Zeiten Victorias für Weihnachtsschmuck verwendet worden war.

Gulliver hatte Mags einmal verraten, dass er das alte Pfarrhaus nicht wegen des Gebäudes, sondern einzig und allein wegen des Gartens gekauft hatte. Und alles an dem, was er in den letzten Jahren dort geleistet hatte, spiegelte das auch wider. Die Räume des Hauses waren saniert, hell gestrichen und karg möbliert. Mags war sich sicher, dass Gulliver von den vorhandenen zehn Zimmern nur sein Schlafzimmer und das Arbeitszimmer nutzte. Und natürlich die Küche, die von ihm in eine Art Bibliothek verwandelt worden war. Dort, wo früher Mehl und Zucker, Vorräte und Geschirr in den hohen Einbauschränken gelagert worden waren, stapelten sich jetzt Bücher über Bücher. Es gab zwei Sessel, eine gold glänzende Espressomaschine mit Druckhebel, deren Design allein schon so schön war, dass Mags jedes Mal vor Ehrfurcht innehielt. Gulliver kochte nicht, sondern ließ sich seine Lebensmittel liefern und sich von Mrs Kelvin im Pub verwöhnen. Aber der Garten, der Garten war der Ort, wo sein Herz und das Herz des Anwesens lag.

Umgeben von hohen Mauern, die Gulliver mühsam ausgebessert und befestigt hatte, wuchsen in ihm alte Obstbäume und Sträucher. Es gab verwunschene Wege, moosüberzogene Brunnen, deren ursprüngliche Form man nur noch erahnen konnte. Es gab schmiedeeiserne Sitzbänke in von Flieder überwucherten Ecken und Wege aus abgelaufenen Steinplatten, die so weich und sanft von Gras umgeben waren, dass sie aussahen, als würden sie schon seit Jahrhunderten dort liegen.

Gulliver folgte keinem Plan, sondern seinem Herzen, wenn er vorsichtig neue Pflanzen hinzufügte oder alte teilte oder versetzte. Der Garten fühlte sich an, als atmete er wie ein organisches Wesen und als hätte er eine Seele. Der geheime Garten aus den Büchern von Mags' Kindheit. Ein Garten, in dem in der Dämmerung Feen und andere Zauberwesen tanzen mochten.

Mags liebte Gullivers Garten – und mit jedem Tag, den sie ihn besser kennenlernte, liebte sie auch seinen Gärtner ein Stück mehr.

»Wunderschöne Zweige, die auch noch Geschichte mit ins Haus bringen. Ich bin begeistert!«

»Ich selbst brauche sie ja nie, und da dachte ich an dich. Die Zeiten, in denen in meinem Haus der große Tisch unter Weihnachtsessen und Plumpudding zusammenzubrechen drohte, sind schon lange vorbei.«

Mags legte ihrem Freund die Hand auf den Arm.

»Komm an Weihnachten doch zu uns. Das Gästezimmer ist fertig, du musst auch nicht fahren. Am Heiligabend können wir schön zusammensitzen, Miss Clara und Jim sind auch da. Und am Weihnachtstag gibt es dann ein großes Festmahl in der Küche.«

Gulliver runzelte seine Stirn. Er wusste, dass weder Mags noch Sam wesentlich mehr als Kartoffeln und Spiegelei in der Küche zustande brachten.

»Wer kocht?«

»Jim. Er wird die Küche in Beschlag nehmen.

Miss Clara verfrachten wir in einen warmen Sessel und setzen sie zu ihm. Dann kann sie ihn unterstützen.«

»Du meinst, sie wird jeden seiner Hangriffe kritisieren und ihn zur Weißglut treiben?«

Mags lächelte selbstzufrieden.

»Genau. Das wird Jim von Wendy ablenken – und Miss Clara wird dabei endlich wieder etwas Farbe in die Wangen bekommen. Sie hat wirklich schon zu lange keine Leute mehr herumkommandieren können.«

Jim, ein enger Freund von Mags' verstorbenem Vater und nun ein Vertrauter von ihr, litt unter der Trennung von seiner neuen Freundin Wendy. Die Geschichte zwischen den beiden war kompliziert und gipfelte darin, dass Wendy sich weigerte, wieder in Rosehaven zu leben, dem Ort, in dem sie groß geworden war und mit dem sie schlimme Erinnerungen verband. Sie war vor einem halben Jahr zu ihren Kindern nach Südfrankreich gezogen und wollte dort auch nicht wieder weg. Sie setzte darauf, dass Jim zu ihr kommen würde. Jim hingegen hatte sich hier seinen Selbstversorgerhof aufgebaut und war in Rosehaven so verwurzelt wie eine alte knorrige Eiche. Er würde das wohl nicht aufgeben. Hoffte Mags zumindest, denn Jim war mehr als nur ein Freund für sie, er war ein enger Vertrauter, Vaterersatz und ihr Fels in der Brandung. Ihn gehen zu sehen, würde ihr das Herz brechen. Soweit sie wusste – und Jim war nicht gerade gesprächig, wenn es um Wendy ging – hatten die beiden sich bei ihrem letzten Treffen auf eine Pause von mehreren Wochen geeinigt.

Mags seufzte. Etwas Ablenkung würde ihm also guttun. Sie sah Gulliver an. Sie wusste so wenig über sein Privatleben, aber irgendwie glaubte sie nicht, dass er zu Weihnachten das Haus voller Freunde haben würde.

»Komm doch auch. Wir würden uns freuen.«

Ein weißer Ball aus Federn mit einem gelben Schnabel stürmte über den Hof auf Gulliver zu und konnte von Mags in letzter Sekunde davon abgehalten werden, nach dessen maßgeschneidertem Kaschmirmantel zu schnappen.

Gulliver, der wie die meisten männlichen Besucher in den letzten Wochen schon den ein oder anderen schmerzhaften Zusammenstoß mit der Gans gehabt hatte, sprang schnell einen Meter zurück.

Dann sah er zu Mags auf.

»Ich komme gerne. Aber ich hoffe doch sehr, es gibt Gans.«

Agatha konnte nicht schlafen. Ihr Mensch war vor einigen Stunden mit diesem fürchterlich stinkenden und lauten Ding aufgebrochen und hatte sie und die Hühner allein zurückgelassen.

Kein Schimpfen und Wüten hatte etwas gebracht – und da sie nicht preisgeben wollte, wie sie es aus ihrem Gehege hinausschaffte, hatte sie unter zischenden Protest zusehen müssen, wie ihr Mensch und der Mann mit dem Auto losgefahren waren.

Die Nacht wurde kalt, und Agatha stäubte ihr Gefieder. Sie würde wachen, wachen, wie es ihre Vorfahren über Generationen hinweg getan hatten. Wachen, wie es ihr die Mutter und die anderen Gänse auf dem großen Hof beigebracht hatten.

Die Hühner gackerten leise im Schlaf, im Baum neben der Scheune gurrte eine Taube. Agatha konnte die Mäuse hören, die auf leisen Pfoten durch ihr Gehege huschten, auf der Suche nach Essen für den Winter. In den letzten Nächten waren alle wilden Tiere um sie herum voller Aufregung bemüht gewesen, ihre Vorräte aufzustocken. Und auch wenn Agatha sich schon weiter entfernt hatte vom Lauf der Wolken und des Windes – auch ihre Sinne sagten ihr deutlich, dass es kalt werden würde.

Ein Igel trippelte über die Wiese und schnaubte dann lauter, als es so manches großes Tier vermochte. Was hatte ihn verschreckt?

Agatha lauschte – und zog die kalte Luft ein. Schnell drehte sie ihren Kopf in Richtung des Hühnerstalls, und da sah sie ihn.

Der Fuchs war lang, schlank, und sein dunkles Fell glänzte rot, als das Licht des Mondes hinter einer Wolke hervorkam.

Die Gans erstarrte. Die Hühner wären ihm schutzlos ausgeliefert, sollte er einen Weg in ihren Stall finden.

Also holte sie tief Luft und bereitete sich darauf vor, mehr Krach zu machen als je zuvor. Denn das war ihre Aufgabe:

Sie wachte, sie warnte. Und im Zweifelsfall würde sie auch kämpfen.

5

Mags stand am Fenster des Wohnzimmers und blickte hinaus. Vielmehr versuchte sie es, denn der aufkommende Wind peitschte die Regentropfen gegen das Glas und ließ die Zufahrt zum Cottage und die Felder ringsherum im Grau verschwimmen. Es war der Tag vor Heiligabend. Auf dem Herd in der Küche brodelte ein großer Topf mit Gulasch, das es in wenigen Stunden zum Abendessen geben sollte. Sie hoffte, es würde schmecken und ein wenig Wärme in den ansonsten so grauen und nassen Tag bringen.

»Der Regen geht langsam in Graupel über. Hoffentlich wird es nicht glatt.«

Sam stellte sich neben sie und legte ihr den Arm um die Schulter.

»Sie werden schon sicher ankommen. Jim ist ein guter Fahrer – und er kennt die Straßen hier auswendig.«

»Was Agatha wohl letzte Nacht gesehen hat?«

Als sie und Sam nach einem fröhlichen Abend mit Mags' neuen Mitarbeitern, den Garden-Fence-Jumpers, aus dem Golden Budgie nach Hause zurückgekehrt waren, hatte sie schon durch die geschlossenen Fenster des Transporters Agathas Schnarren gehört. Die Gans hatte einen Lärm gemacht, wie Mags ihn von ihr noch nie zuvor gehört hatte. Sie und Sam waren aus dem Auto gesprungen, nur um am Hühnerstall eine aufgebrachte Agatha und eine Gruppe völlig zerzauster und verschreckter Hühner vorzufinden.

»Vielleicht war es ein Fuchs. Und deine Gans hat ihn verjagt.«

»Das könnte sein. Es hat zu sehr geregnet, ich habe heute morgen keine Spuren gesehen, aber wenn da draußen ein Fuchs herumschleicht …«

»Dann beißt er sich am Zaun des Stalls die Zähne aus. Wir haben ihn extra tief eingebuddelt. Und selbst wenn er durch den Zaun kommt, in den Stall schafft er es dann immer noch nicht.«

Der Stall der Hühner war auf Stützen gebaut und lag einen halben Meter über dem Boden. Mags war trotzdem noch nicht beruhigt.

»Und wenn er versucht, Agatha zu bekommen?«

Sam schnaubte.

»Die Kampfgans? Ich glaube, ein Fuchs hätte schlechte Chancen. Aber wir können sie ja heute Nacht auch in ihren Stall einsperren. Dort ist sie sicher.«

»Wenn sie nicht wieder einen geheimnisvollen Weg heraus findet.«

Aber Sam hatte recht. Sie würde Agatha nachts

sicher einsperren, und der Fuchs würde aufgeben und sich seine Beute woanders suchen. Hoffentlich.

Mags lehnte sich gegen Sam und atmete seinen vertrauten Geruch ein.

»Du riechst immer ein wenig wie Weihnachten.«

Er lachte.

»Das ist ein ungewöhnliches, aber sehr schönes Kompliment.«

»Nein ernsthaft. Schon als wir das erste Mal so dicht beieinander standen, habe ich das gedacht.«

Das war im Garten des Herrenhauses »The Shelter« gewesen, an einem frühen Maimorgen. Ein Tag und der Beginn von so vielem, das ihr Leben für immer verändert hatte.

»Also hast du mich wegen meines unwiderstehlichen Weihnachtsduftes geheiratet?«

Mags knuffte ihn spielerisch.

»Ja, deswegen. Der Rest war dann nicht zu vermeidender Beifang.«

Sie sah hinaus und hoffte, die Lichter von Scheinwerfern zu sehen.

»Das Thermometer fällt schnell, der Wind aus Osten bringt die Kälte mit sich.«

»Glaubst du, es wird schneien?«

Sam hatte als Londoner Stadtkind wahrscheinlich noch weniger Schnee zu Weihnachten erlebt als Mags, die wenigstens ab und an in ihrer Kindheit von weiß eingeschneiten Wiesen umgeben gewesen war. Aber das warme, durch den Golfstrom bestimmte Klima in Cornwall machte weiße Weihnachten in Rosehaven nicht gerade wahrscheinlich.

»Vielleicht Schneeregen. Aber ich wette, morgen dreht der Wind, und wir haben an Weihnachten klaren Himmel und salzige Luft.«

»Was ja auch nicht zu verachten ist.«

Sam liebte seine neue Heimat, daran bestand kein Zweifel. Es verging kein Tag, an dem er nicht für wenigstens eine Stunde losging und über die Wiesen und Hügel wanderte. Mags freute sich sehr, besonders darüber, dass er auf seinen Streifzügen mittlerweile so ziemlich jeden Anwohner Rosehavens und der Umgebung kennengelernt hatte. Vielleicht schaffte er es so schneller als gewöhnlich, als einer von ihnen zu gelten.

»Bist du weitergekommen?«

»Ja. Ich habe einiges geschafft, womit ich zufrieden sein kann. Und daher habe ich den Rechner ausgeschaltet, den Stecker gezogen und beschlossen, ihn erst nach den Feiertragen wieder hochzufahren.«

Sams zweites Jugendbuch würde im März erscheinen, und er arbeitete bereits an einem dritten Band.

Mags drehte sich zu ihm um und gab ihm einen festen Kuss.

»Das weiß ich zu schätzen. Mein Ehemann hat wirklich einmal frei. Vielleicht können wir die Wartezeit ja nutzen, und …«

Draußen setzte die Dämmerung ein, und der letzte Rest Tageslicht verschwand. Gerade, als Mags die Lampen einschalten wollte, huschte über die Wand des Zimmers ein Lichtschein.

»Sie sind da!«

Ohne auf Sams enttäuschte Miene zu achten, stürmte Mags aus dem Zimmer und griff auf dem Flur noch schnell nach einem großen Regenschirm.

»Es ist so schön, euch zu sehen!«

Miss Clara war aus dem Auto geklettert, bevor Mags oder Sam sie erreicht hatte. Nach der Hochzeit im Sommer, bei der sie durch die Folgen der Chemotherapie schon deutlich gezeichnet gewesen war, hatte Mags ihre Freundin regelmäßig sowohl in der Klinik als auch zu Hause besucht. Es hatte Tage gegeben, an denen Miss Clara, von Schmerzen und Erschöpfung gezeichnet, stumm in einem der Liegestühle gesessen hatte. Mags hatte an diesen Tagen gesehen, wie sehr sie mit der Krankheit gekämpft hatte. Und Mags wusste auch, dass es Zeiten gegeben hatte, in denen alle Beteiligten nur noch hatten hoffen können, dass nicht die Krankheit am Ende siegen würde. Aber die Miss Clara, die gerade aus dem Auto stieg, war zwar immer noch entsetzlich dünn, hatte eingefallene Wangen unter dem bunten Tuch, mit dem sie ihren Kopf umschlungen hatte, und musste sich an der Autotür abstützen – aber ihre Augen leuchteten, und ihre Stimme war endlich wieder fröhlich und voller Energie.

Mags wollte jubeln, wollte weinen, ging aber einfach nur auf Clara zu und nahm sie in den Arm.

Nachdem Jim, Sam und Gulliver unter Lachen und Fluchen die Taschen und Pakete aus dem Auto in den Hausflur getragen hatten und nun ihre nassen Mäntel auszogen, sah Miss Clara sich neugierig um.

»Wo ist die Gans? Ich habe schon so viel von ihr gehört.«

»Sie brütet.«

»Was?«

Mags seufzte, als sie Sams zufriedenes Grinsen sah.

»Sam hier hat Nachforschungen betrieben und Agatha dann in ihrem Stall einige Gipseier ins Nest gelegt. Und sie hat sich sofort darauf gestürzt.«

»Nicht schlecht.«

Mags schnalzte mit der Zunge.

»Ein mieser Trick, ein ganz mieser Trick – und wenn sie dahinterkommt, dann wird sie Rache nehmen, da bin ich mir sicher.«

Sie ließ ihren Blick an Sam hinunterwandern, der kurz zusammenzuckte.

»Ach, Quatsch. Sie wird uns die nächsten zwei Tage vom Leib bleiben, das ist die Hauptsache. Und dann …«

Er machte eine Bewegung mit seinen Händen, um das Umdrehen eines Halses anzudeuten, und Mags funkelte ihn wütend an.

»Sam Hawthorne! Wenn du das tust, dann …«

Gulliver, der die Szene lächelnd beobachtet hatte, kicherte leise und zeigte auf den großen Korb, den er vom Rücksitz des Autos gehoben hatte.

»Da ich mir so etwas schon gedacht habe, habe ich vorgesorgt.«

Er hob das Tuch, das den Korb bedeckte, leicht an.

»Zwei von Mrs Kleins besten Maishühnchen. Und zwei Flaschen französischen Rotweins aus meinem Keller.«

»Coq au vin!«

Mags grinste und griff nach dem Korb.

»Das ist doch mal ein sinnvolles Mitbringsel.«

Sam verzog das Gesicht.

»Französisches Huhn zu einem traditionell englischen Weihnachtsfest? Ich weiß ja nicht. Gans, gefüllt mit Äpfeln und Röstkartoffeln und ein Plumpudding sollten es doch sein. Kein in Wein ertränktes Hühnchen.«

Sam zwinkerte bei seinen Worten, und Mags musterte ihn tadelnd.

Gulliver jedoch sah ihn gekränkt an.

»Junger Freund! Ein Großteil meiner Familie hat ausreichend französische Wurzeln, um …«

Sein Gesicht verzog sich kurz, als hätte er in etwas Bitteres gebissen, dann setzte er schnell ein Lächeln auf.

»Du wirst deine Meinung noch ändern, wenn du siehst, was Jim und ich aus dem Huhn zaubern werden.«

Er drehte sich zu Mags um.

»Es sei denn, die Gans soll doch …?«

»Ça ne marche pas!«

Mags hatte die Faxen dicke.

»Niemand vergreift sich an Agatha!«

Sam sah sie erstaunt an.

»Du sprichst Französisch? Das wusste ich ja gar nicht.«

»Wenn es nötig ist, ja. Also keine Gans, verstanden?«

Die beiden Männer nickten ergeben, und Mags wandte sich an Miss Clara.

»Darf ich Ihnen eine Tasse Tee anbieten, Mrs Johnson?«

Miss Clara lachte.

»Oh nein, komm mir nicht so. Auch wenn Eric jetzt mein Mann ist, bin ich nicht plötzlich irgendeine Mrs Johnson. Für dich immer noch Miss Clara, verstanden?«

Mags lachte. Es war eine Mischung aus einer alten Tradition, Ausdruck von Respekt und Zeichen der Zuneigung, dass Mags nach alle den Jahren, die sie die resolute und so liebevolle Frau schon kannte, immer noch Miss Clara zu ihr sagte. Und sie war damit nicht allein. Viele der jüngeren Dorfbewohner brachten es nicht über sich, einfach nur Clara zu sagen. Auch in den umliegenden Gemeinden sprachen fast alle nur von Rosehavens Miss Clara und benutzten die Anrede dabei eher wie ein Adelsprädikat oder einen hohen militärischen Rang.

Mittlerweile hatten Jim und Sam alle Taschen und Kisten aus dem Kofferraum geholt und schüttelten sich in der kleinen Diele des Hauses wie zwei nasse Hunde den Regen von den Jacken.

Mags klatschte in die Hände.

»Seid ihr hungrig? Sam hat einen großen Topf Gulasch nach einem alten Rezept seiner Mutter auf dem Herd stehen. Und ich habe Eierpunsch gemacht.«

Mit leuchtenden Augen sah Mags zu, wie die Menschen, die ihr am nächsten waren, unter fröhlichem Lachen zusammen in die Küche gingen. Sie wusste, vielleicht mehr als so manch anderer, was für ein Glück sie hatte.

Lächelnd eilte sie hinter ihnen her, um sich ihren Anteil am Essen, und vor allem am Punsch, zu sichern.

Später am Abend saßen sie alle vor dem großen Kamin im Wohnzimmer und lauschten Sam, der auf Miss Claras Wunsch hin aus einem alten abgegriffenen Kinderbuch Dickens' *Weihnachtsgeschichte* vorlas.

»Sowohl mein Großvater als auch mein Vater haben uns immer an den letzten drei Tagen vor Weihnachten aus diesem Buch vorgelesen – und ich habe es als Kind geliebt, mich ins Sofa zu kuscheln und mich zu gruseln vor dem so kaltherzigen und geizigen Ebenezer Scrooge und den Weihnachtsgeistern.«

Alle hatten ihrem Vorschlag zugestimmt und Sam zum Vorleser erkoren. Ihre Version der *Weihnachtsgeschichte* um den Geschäftsmann Ebenezer Scrooge, der an Weihnachten von den drei Geistern der vergangenen, gegenwärtigen und zukünftigen Weihnacht besucht wird und am Ende geläutert lauter gute Taten vollbringt und sein Leben ändert, war für Kinder bearbeitet und daher an vielen Stellen nicht ganz so drastisch wie das Original.

Mags lehnte sich an Jims Schulter, nippte an ihrem Becher mit Punsch und ließ sich von Sams Stimme in die Geschichte tragen, die so ziemlich jedes Kind in England kannte.

»Marley war tot, damit wollen wir anfangen. Keine Frage. Scrooge selbst hatte den Totenschein mit unterschrieben. Und Scrooges Unterschrift galt etwas. Der alte Marley war also mausetot …«

6

»Und jetzt die Wettervorhersage für Dienstag, den 24. Dezember. Heute bleibt es im Verlauf des Tages trocken, die Bewölkung lockert sich auf, und die Sonne kommt am Nachmittag für einige Stunden hervor. Die Temperaturen fallen weiter, und im Laufe der Nacht zieht eine Kaltfront von Osten her über den Helford River hinweg bis an die Küste und bringt Regen mit. Die Unwetterzentrale warnt für morgen und übermorgen vor Eisregen und gefrorenen Straßen.«

Mags drehte das Radio leiser und sah sich in der Küche um. Alles war bis ins kleinste Detail vorbereitet. Sie war schon früh am Morgen vor den anderen aufgestanden und hatte das Cottage mit den restlichen Hagebutten und Stechpalmenzweigen und einigen wenigen Blüten von Amaryllis und Christrose geschmückt.

Dann hatten sie alle gemeinsam am großen Küchentisch gesessen und gefrühstückt. Mit Gullivers Hilfe hatte sie dann als letztes i-Tüpfelchen blühende und duftende Zweige von Obstbäumen aus dem Wintergarten geholt und verteilt. Sams Mutter hatte sie auf die Tradition der Barbarazweige hingewiesen, die sie aus ihrer Kindheit kannte. Am 4. Dezember, dem Tag der Heiligen Barbara, wurden Zweige von Obstbäumen geschnitten, die dann an Weihnachten in Blüte stehen sollten.

Mags hatte es dieses Jahr zum ersten Mal versucht und freute sich über die zarten Blüten an einigen der Pflaumen- und Apfelbaumzweige. Es hatte nicht bei allen geklappt, einige waren zu früh aufgegangen, andere gar nicht. Sie würde das Ganze im nächsten Jahr erneut angehen und nachlesen, was für Tricks und Kniffe es gab. Die zarten Zweige hatten sie in einige alte Vasen, die Mags auf Flohmärkten der Region gesammelt hatte, gesteckt. Alle Vasen hatten entweder einen Sprung oder waren anders beschädigt gewesen. Nichts, was Mags nicht hatte kleben und abdichten können, und sie freute sich über den Charme, den ihre Schätze nun ausstrahlten.

Alles war perfekt – bis auf den klitzekleinen Umstand, dass weder Fotograf noch Redakteurin bisher aufgetaucht waren.

Zum wiederholten Male rückte sie die Mince Pies auf dem Weihnachtsteller mit seinem Muster aus kleinen Trommeln und anderem Spielzeug, den sie ebenfalls auf dem Flohmarkt gefunden hatte, zurecht. Cynthia hatte ihr mehrere Dosen mit dem traditionellen Weihnachtsgebäck gebracht –

mit der strikten Aufforderung, sie erst zu essen, wenn alle Fotos gemacht worden waren. Aber mal ehrlich, ein Mince Pie mehr oder weniger würde ja …

»Mags!«

Mist. Erwischt. Gulliver stand lachend in der Küchentür und drohte ihr mit dem Finger.

»Ich wollte doch nur …«

Dann merkte sie, wie komisch es war, sich in ihrer eigenen Küche wie ein beim Naschen erwischtes Kind zu rechtfertigen, und lachte auch.

»Na gut. Aber wenn die nicht in der nächsten Stunde ankommen, dann werden sie den Teller nun mal ohne Kekse fotografieren müssen. Wo bleiben die bloß?«

»Geduld, Mags.«

Gulliver ging zur Teekanne und füllte sich eine Tasse auf.

»Miss Clara sitzt im Wohnzimmer vor dem Kamin und strickt. So wie es aussieht, werden es Socken für Jim. Der wiederum konnte nach dem Frühstück, wie zu erwarten, nicht lange still sitzen und murmelte etwas davon, im Wintergarten die Rahmen anzuschleifen?«

Mags griff ebenfalls nach einer Tasse und setzte sich zu Gulliver an den großen Tisch.

»Die Rahmen? Jetzt?«

Der Wintergarten war eher ein aus Holz und alten

Fenstern an die Seite des Hauses gesetzter Vorbau. Mags hatte ihn für einige Monate als provisorisches Büro genutzt. Die alten Rahmen der Fenster waren aus Holz und mussten dringend neu lackiert werden. Mags hatte bisher die Arbeit gescheut, da die einzelnen Leisten per Hand vorgeschliffen werden mussten.

»Es ist Weihnachten, er soll nicht arbeiten.«

Gulliver zog eine seiner gepflegten Augenbrauen hoch.

»Und was tust du die ganze Zeit?«

»Das ist was anderes, daran ist nur Cynthia schuld.«

Gulliver sah sie über den Rand seiner Teetasse hinweg an.

»Genau. Und wenn es nicht die Arbeit für das Fototeam wäre, würdest du dann neben Miss Clara sitzen und lesen? Oder würdest du im Garten noch schnell einige kurze Handgriffe machen, die Gartenbücher schreiben, Skizzen anfertigen ...«

Mags verzog schmunzelnd das Gesicht.

»Ja, ich hab es verstanden. Wer im Glashaus sitzt, sollte nicht mit Steinen werfen.«

Sie schwiegen, und Mags musterte ihren Freund und Geschäftspartner. Gulliver hatte sich für den Tag vor Weihnachten in seine Vorstellung von legerer Kleidung geworfen. Er trug eine dunkelgraue Stoffhose, die sicherlich aus irgendeinem wunderbar weichen und nicht kratzigen Material genäht war, dazu ein Hemd in einem glänzenden Hellgrau, darüber eine karierte Weste mit silbernen Knöpfen, die zur Farbe der Hose passte und aus deren Tasche eine Uhrenkette ragte. Statt einer Krawatte hatte er in den offenen Kragen seines Hemdes ein weiches fliederfarbenes Tuch geschlungen, dessen Farbe, wie Mags mit einem kurzen Blick nach unten feststellte, die gleiche wie die der Socken war. Schwarze Lederslipper rundeten das Ganze ab. Als sie wieder hochblickte, sah Gulliver sie fragend an.

»Stimmt etwas nicht mit meiner Kleidung?«

»Nein, gar nicht. Es ist sehr elegant und steht dir hervorragend. Nur …«

»Nur was?«

Mags wollte ihm nicht auf die Füße treten, aber ihre Neugierde siegte. Und immerhin war es Weihnachten, auch wenn sie selbst nicht wusste, warum das als Argument zählen sollte.

»Nur frage ich mich immer, ob du dich am Morgen ankleidest – oder verkleidest?«

Gulliver schien ihr die Frage zum Glück nicht übel zu nehmen.

»Das ist ein spannender Unterschied, den wir machen, oder? Ab wann ist etwas Kostüm, ab wann sprechen wir davon, dass jemand verkleidet ist, sich in einer Rolle wie auf einer Bühne bewegt? Und wann gehen wir davon aus, dass es nicht so ist, und vor allem warum?«

Mags dachte nach und zuckte dann mit den Schultern.

»Ich weiß es nicht. Was denkst du?«

»Oh, ich denke viel.«

Gulliver setzte sich mit leuchtenden Augen auf.

»Nehmen wir mal nicht mich zum Beispiel, sondern deinen Mann. Was meinst du, warum er immer diese Cordhosen trägt und warum seine Haare immer genau die wenigen Zentimeter länger sind, als es der Friseur wahrscheinlich gewollt hat?«

Mags verstand, worauf Gulliver hinauswollte.

»Du meinst, es ist auch ein Kostüm? Der Akademiker, der Cordhosen trägt und seine Friseurtermine eher unregelmäßig macht?«

Gulliver zuckte mit den Schultern.

»Das könnte sein, oder? Wenn Sam sich eine Brille aussuchen würde – was, nebenbei gesagt, zu ihm passen würde –, was wäre es für eine? Ein eckiges Metallgestell, eine runde Nickelbrille, eine nach unten rutschende Lesebrille?«

»Er sucht sich das aus, was zu ihm passt.«

»Genau. Er sucht sich die Brille aus, die seiner Meinung nach zu der Art von Person passen würde, als die er sich auch sieht. Die eines Autors, die einer Leseratte, die eines Gelehrten oder wie auch immer er sich selbst beschreiben würde.«

Mags hörte Gulliver gespannt zu.

»Wir wählen aus, wer wir sein wollen, wie wir wahrgenommen werden wollen, und sorgen dann dafür, ob bewusst oder ohne darüber nachzudenken, dass unsere Kleidung unsere Wahl unterstreicht.«

Gulliver sah an Mags hinunter und legte den Kopf schief. Sie trug wie meistens eine ihrer Latzhosen mit einem roten Shirt darunter, statt der üblichen Turnschuhe oder Stiefel dicke Socken, und sie hatte ihre mittlerweile wieder etwas längeren Haare mit einem breiten Band nach hinten gebunden, wobei einzelne Haarsträhnen entkommen waren und sie auf der Stirn und den Wangen kitzelten.

»Lass uns doch dich ansehen.«

Mags seufzte, doch Gulliver hob die Hand.

»Ich weiß, dass du glaubst, ich würde deinen Kleidungsstil nicht mögen, aber das stimmt so nicht ganz.«

Er stellte seine Tasse ab und lehnte sich vor.

»Was ich nicht mag, ist etwas anderes. Du benutzt manchmal deine Kleidung sehr deutlich dafür, um der Welt zu sagen, was du alles *nicht* bist oder sein willst.«

Er hielt inne, um zu sehen, ob sie ihn verstanden hatte, dann fuhr er mit leiser Stimme fort.

»Aber ich fände es manchmal sehr viel spannender, wenn deine Kleidung zeigen würde, was du sein willst. Du unterschätzt dich selbst.«

Mags war sprachlos. Was selten passierte. Aber in dem Moment, in dem Gulliver seinen Punkt gemacht hatte, wusste sie, dass er recht hatte. Darüber würde sie erst einmal in Ruhe nachdenken müssen.

Er schien es zu merken und wechselte nach einem Moment, in denen sie beide der Weihnachtsmusik aus dem Radio lauschten, das Thema.

»Du bist gestern eingeschlafen, während Sam noch gelesen hat. Du hast einiges verpasst.«

Mags wurde rot.

»Ja, ich hoffe, ich habe nicht geschnarcht? Sag mir, dass ich nicht geschnarcht habe.«

Gulliver gab ein glucksendes Lachen von sich.

»Nein, nein, allerhöchstens ein ganz klein wenig geschnaubt. Ein wenig, kaum zu bemerken.«

Mags runzelte die Stirn.

»Was habe ich denn verpasst, wie weit ist Sam gekommen?«

»Oh. Du hast den Geist der vergangenen Weihnacht verpasst. Sam hat es wirklich geschafft, dass mir der ein oder andere Schauer über den Rücken gelaufen ist. Und heute Abend wird er uns dann mit dem Geist der diesjährigen Weihnacht bekannt machen.«

»Hast du früher auch Dickens' *Weihnachtsgeschichte* vorgelesen bekommen?«

Gullivers Gesicht verschloss sich.

»Ja, ich denke schon.«

Gullivers Ton machte deutlich, dass er nicht bereit war, fröhliche Kindheitserinnerungen auszutauschen. Mags seufzte. Sie sollte und musste Gullivers Verschlossenheit in manchen Punkten respektieren, aber ihre Neugierde ließ sich schwer im Zaum halten.

»Miss Clara macht es glücklich – ich wette, sie will nachher auch die Weihnachtsansprache der Queen sehen. Und uns alle zwingen, mit ihr vor dem Fernseher zu sitzen.«

Gulliver gab ein trockenes Husten von sich und griff nach seiner Teetasse.

»Will sie das? Das kann ich mir vorstellen.«

»Du hast die Queen doch schon getroffen, oder?«

Jetzt verschluckte er sich an seinem Tee, und Mags klopfte ihm auf den Rücken.

»Was? Wieso …«

»Na, bei der Flower Show. Sie überreicht doch die Medaillen an den Sieger, und ich dachte …«

»Ah, ja. Natürlich. Ich hatte nur …«

Bevor Gulliver weitersprechen konnte, hörte Mags, wie ein Auto auf den Hof fuhr und dann das aufgeregte Schnattern und Zischen einer Gans.

»Verdammt!«

Sie stürmte aus der Küche und hoffte, den Fotografen noch rechtzeitig vor ihrer Gans retten zu können.

7

Die Insassen des schwarzen Leihwagens, der nun vor dem Haus stand, waren weise genug gewesen, angesichts der wütenden Gans die Türen geschlossen zu halten.

Mags lächelte entschuldigend und eilte auf Agatha zu, die ihren Schnabel mehrmals gegen den Kotflügel des Wagens schlug.

»Agatha! Verdammt.«

Mags griff nach der Gans, die bei ihrem Anblick in eine Art fröhliches Hüpfen übergegangen war, und klemmte sie sich unter den Arm. Dann trat sie einige Schritte vom Wagen zurück und sah, wie der Fahrer sie skeptisch anblickte, dann aber die Tür öffnete und vorsichtig ausstieg.

Der Mann war jung, vielleicht Mitte zwanzig, sehr dünn und von Kopf bis Fuß in Schwarz gekleidet. Eine enge Jeans, ein T-Shirt, schwere Lederschuhe. Der Kontrast zu seiner hellen Haut, dem fein gezeichneten Gesicht und den fast weißblonden Haaren war verblüffend und gab ihm etwas sehr Besonderes. Mags musste an einen gefallenen Engel denken und lächelte dann über sich selbst.

Auf jeden Fall war sie sich schon nach einem kurzen Blick sicher, dass das nicht der Fotograf sein konnte. Sie würde den jungen Mann vielmehr vor der Kamera verorten – was für ein Gesicht!

Der zweite Mann, der jetzt vom Beifahrersitz rutschte, schien ihr der wahrscheinlichere Kandidat zu sein. Er trug einen neongelben Kapuzenpullover, an den Knien auf kunstvolle Art und Weise aufgerissene Jeans und weiße Turnschuhe. Nichts, was Mags nicht auch schon x-mal bei Rosehavens Teenagern gesehen hatte – nur mit dem kleinen, aber feinen Unterschied, dass der Mann vor ihr beileibe kein Teenager mehr war. Sie schätzte ihn auf Anfang, Mitte fünfzig. Als er hinter sich griff und den Gurt einer schweren Fototasche über seine Schulter schob, wusste sie, dass sie recht gehabt hatte. Agatha schimpfte weiterhin, und Mags trat vorsichtshalber mit der Gans auf dem Arm noch einige Schritte zurück.

Die dritte Person, die von der Rückbank des Wagens auf den Hof stieg, war eine groß gewachsene Frau, die ihre langen Haare zu einem Pferdeschwanz gebunden hatte und in einem Outfit steckte, das Mags schon oft in Cornwall gesehen hatte. Allerdings nie an den Menschen, die wirklich hier lebten. Die Frau trug eine schmale braune Hose, die etwas an eine Reithose erinnerte, sicherlich ein gewollter Effekt. Dazu braune, hohe Stiefel, ebenfalls angelehnt an Reitstiefel. Ein dicker Wollpullover sollte selbst gemacht aussehen, war es aber sicherlich nicht. Eine blaue Wachsjacke, deren Oberfläche noch keine der typischen Gebrauchsspuren zeigte, vervollständigte ihr Outfit. Eine Städterin, die sich als Landmensch verkleidet hatte.

Alle drei starrten Mags und vor allem Agatha neugierig an.

»Hallo.«

Mags lachte.

»Willkommen im Meadow Cottage. Ich bin Mags Blake, und das hier ist Agatha.«

Keiner der drei schien zu wissen, was er darauf sagen sollte. Zu Mags' Erleichterung kam nun auch Sam aus dem Haus, und sie nutzte die Chance, mit Agatha unter dem Arm in Richtung Garten zu verschwinden. Sollte Sam doch die Besucher begrüßen. Sie musste sich erst einmal um ihre militante Gans kümmern.

Agatha, die es sichtlich genoss, auf Mags' Arm zu sein, schnatterte leise und rieb ihren Kopf an ihren Haaren.

»Komm mir nicht so! Du bist schon wieder ausgebüxt.«

Sie hätte wetten können, dass die Gans zufrieden genickt hatte.

»Verstehst du nicht, dass du in deinem Gehege

bleiben sollst? Vor allem nachts. Der Fuchs war doch da, oder?«

Agatha schnatterte lauter, und Mags streichelte sie beruhigend.

»Ja, oder? Deswegen musst du wirklich in deinem Gehege bleiben. Nachher wird er frech und kommt auch tagsüber. Ich habe das nachgelesen. Füchse können das.«

Sie hörte hinter sich Schritte und drehte sich um. Der Fotograf drückte auf den Auslöser seiner Kamera.

»Was?«

»Bleiben Sie so! Genau. Was für ein verrücktes Geschöpf. Was für eine Szene!«

Der Mann hob seine Kamera erneut und drückte noch mehrmals auf den Auslöser. Mags versuchte, zu lächeln, aber merkte sofort, dass der Versuch in einer Grimasse endete.

Er ließ die Kamera sinken und sah sie entschuldigend an.

»Oh, nicht lustig? Gut. Ich bin Charlie Milver. Nennen Sie mich einfach Charlie.«

Er streckte ihr seine Hand entgegen und setzte ein strahlendes Lächeln auf.

»Mags Blake. Es tut mir leid, dass Sie so einen stürmischen Empfang hatten.«

»Die Gans? Entschuldigen Sie sich bloß nicht. Ich habe fürchterlich enge und langweilige Stunden im

Flieger hinter mir, nicht zu sprechen von der langen Autofahrt. Ihre Gans hat es geschafft, dass ich seit Tagen das erste Mal wieder lachen konnte.«

Er ließ ihre Hand los, die er, zu Mags' Unbehagen, die ganze Zeit gehalten hatte, und sah sich um.

»Das ist zauberhaft. So – pittoresk.«

Mags war sich nicht sicher, was sie von seiner Wortwahl halten sollte.

»Ich werde mir wohl andere Schuhe anziehen müssen, bevor ich mich hier draußen umsehe, oder?«

Sie blickte auf seine Schuhe. Wer in aller Welt hielt weiße Sneaker, deren ganze Aufmachung nach irgendeinem teuren Designer schrie, für angemessen, um im Dezember einen Ausflug ins ländliche Cornwall zu machen? Sie musste einfach lachen – und war erleichtert, als ihr Gast einstimmte.

»Ja, das wäre wohl angemessen. Kommen Sie, ich zeige Ihnen das Haus, und wir finden sicherlich ein Paar Gummistiefel, die Ihnen passen.«

Als sie sich umdrehen wollte, trat der Fotograf einen Schritt vor und streckte seine Hand nach ihren Haaren aus. Bevor sie ausweichen konnte, zupfte er etwas heraus und hielt es ihr unter die Nase.

»Ihre Gans hat Federn gelassen.«

Mags sah ihn etwas irritiert an. Sie mochte es

nicht, wenn man ihr plötzlich so nah kam. Und sie war sich sicher, dass er es gemerkt hatte.

»Kommen Sie.«

Schon während des kurzen Weges zum Haus hielt Charlie Milver, trotz seiner Schuhe und seiner mittlerweile sicherlich eiskalten Hände, immer wieder an, um Fotos zu machen. Mags freute sich, dass er die Ecken, die sie im Kopf schon selbst für ein Foto ausgesucht hatte, ebenfalls zu sehen schien. Die in den Bäumen aufgehängten Kränze aus in Fett gegossenen Körnern und roten Äpfeln; die wie kleine Zelte zusammengebundenen Blätter der verblühten Stauden; die umgedrehten und mit Moos und Flechten überzogenen Tontöpfe und der schwere Kranz über der Haustür, den Sam und Jim schließlich angebracht hatten.

»Ich brauche meine anderen Objektive. Wo steckt Brent denn bloß? Und er soll meine zweite Tasche mitbringen.«

»Kommen Sie erst einmal rein. Dann trinken Sie einen Tee, während ich Ihnen Stiefel und am besten auch einen warmen Mantel raussuche. Brent ist Ihr Kollege?«

Der Fotograf schnaubte.

»Mein Assistent.«

Er ließ die Kamera unwillig sinken und trat hinter Mags ins Cottage. Sie hatte mit Absicht die vordere

Eingangstür und nicht die eigentlich näher liegende Küchentür gewählt. Immerhin hatten sie und Cynthia allein an der Girlande, die das Treppengeländer durchzog, mehrere Stunden gearbeitet. Auf den Treppenstufen waren in kleinen Windlichtern elektrische Kerzen versteckt, die erstaunlich echt wirkten und flackerndes Licht verbreiteten. Auf dem schmalen Schrank neben der Tür, auf den Mags und Sam sonst immer ihre Autoschlüssel, Mützen und all den anderen Kram warfen, den man halt so abwarf, wenn man ins Haus trat, stand nun ein goldener Teller, auf dem Tannenzapfen jeder Form und Größe lagen. Davor hatte Cynthia einige alte Blechfiguren zum Aufziehen gestellt. Ein Bär mit einer Trommel, ein kleiner Feuerwehrwagen, dessen Bemalung nur noch an wenigen Stellen erhalten war, was ihm aber erst seinen Zauber verlieh, und einen Frosch, der hüpfen konnte, zog man ihn auf. Das Feuerwehrauto und der Bär waren wirklich alt und Leihgaben von Miss Clara, der Frosch stammte aus Cynthias Laden. Mags lächelte, als sie an die Erklärung ihrer geschäftstüchtigen Freundin dachte.

»Auf den Fotos soll alles absolut einzigartig aussehen und bei den Betrachtern die Sehnsucht wecken, so etwas auch zu besitzen. Und genau deswegen sollten auch immer einzelne Gegenstände und die Pflanzen und Gestecke erhältlich sein. Am besten sollte man sie in meinem Laden kaufen oder von einer von uns herstellen lassen.«

Und so standen in jedem Zimmer alte Dinge neben den neuen, eine Mischung, die Mags gefiel. Besonders angetan war sie von einer Spieluhr nach Vorbild eines historischen Modells, deren Deckel das Motiv einer Ballerina zierte und die man nach oben hin öffnete. Beim Öffnen wurde ein Mechanismus in Gang gesetzt, und die ersten Töne von Tschaikowskis *Schwanensee* erklangen.

Der Fotograf hatte die Diele mit der Treppe, den alten Fliesen und dem vielen Grün auf sich wirken lassen und drehte sich nun zu Mags um.

»Geschickt! Das ist wirklich äußert geschickt gemacht.«

Bevor sie etwas darauf antworten konnte, hörten sie Schritte, und sie sah auf.

Gulliver kam mit einem Lächeln im Gesicht die Treppe herunter. Mags schmunzelte. Würde sie die Szene in einem Bild einfangen, würde es einen Titel wie »Gutsherr begrüßt Gäste« tragen. Seine Kleidung, seine Körperhaltung, sein Lächeln – all das entsprach wahrscheinlich um einiges mehr dem Bild, das die Leute vom Besitzer einen schicken Cottages auf dem Land hatten, als eine Gärtnerin mit Gans auf dem Arm, in Latzhose, Wollpullover und mit zerzausten Haaren.

Doch in dem Moment, als ihr Freund den Fotografen erblickte, verschwand das Lächeln aus seinem Gesicht. Gulliver japste nach Luft und starrte Charles Milver an, als hätte er ein Gespenst gesehen. Dann riss er sich zusammen und setzte wieder ein, wenn auch in Mags' Augen wenig überzeugendes, Lächeln auf.

»Mein Name ist Gulliver. Schön, Sie kennenzulernen.«

Der Fotograf sah ihn mit großen Augen an, dann legte sich ein breites Lächeln auf sein Gesicht.

»Charles Milver. Angenehm. Aber nennen Sie mich doch Charlie.«

Als alle in die Küche gegangen waren, blieb Mags noch kurz auf dem Flur stehen. Woher kannten Gulliver und der Fotograf sich wohl – und warum logen beide darüber?

8

Als Mags in die Küche kam, sah sie, wie Sam und die Frau zusammen am Tisch standen und lachend miteinander sprachen. Sam blickte auf und winkte Mags heran.

»Mags! Die Welt ist wirklich klein. Das hier ist Diana Tyler, sie war vor einigen Jahren eine Studentin von mir. Diana Tyler, das ist Mags Blake, meine Frau und die Person, die Ihnen auf jeden Fall alles über den Garten und die Dekoration hier im Haus erzählen kann.«

»Ah. Hallo.«

Die Redakteurin lächelte sie kurz an, wandte sich dann aber wieder an Sam und drehte Mags dabei den Rücken zu.

»Sie haben sich doch sicherlich mit der Geschichte des Hauses beschäftigt, oder Dr Hawthorne? Ich würde gerne mehr darüber erfahren.«

Mags wusste nicht, ob sie lachen oder fluchen sollte. Sam sah sie kurz hilfesuchend an, aber sie dachte ja nicht daran einzuschreiten. Wenn er sich eine ehemalige Studentin eingebrockt hatte, die ihn auch so noch mit leuchtenden Augen ansah, musste er selbst einen Ausweg finden.

Neugierig sah sie sich zu dem dritten Gast um. Der junge Mann lehnte mit dem Rücken an der Küchenwand und wusste sichtlich nicht, was er mit sich anfangen sollte. Gulliver war neben Miss Clara auf die Küchenbank gesunken und starrte in seine Teetasse. Jim wurde von Charles Milver in Beschlag genommen, aber an seiner höflichen Miene konnte Mags nicht ablesen, was ihm durch den Kopf ging. Sie trat zu dem schwarz gekleideten Mann und war verblüfft, wie gleichmäßig seine Züge waren.

»Hallo. Ich bin Mags Blake.«

»Ah, Brent Oliver.«

Seine Augen huschten kurz über ihr Gesicht.

»Sie sind auch Fotograf?«

Er sah sie erstaunt an.

»Hat das jemand gesagt? Also ja, nein, ich meine …«

Er wurde rot und begann den Satz noch mal.

»Ja, ich bin Fotograf, aber nicht für diesen Auftrag. Hier arbeite ich nur als Assistent von Mr Milver.«

Mags fragte nicht weiter. Schon dieser kurze Satz hatte Brents Wangen rot gefärbt, und er wischte sich seine Hände unsicher an seiner Hose ab. Sie kannte die Anzeichen. Schüchternheit, etwas, das ihr früher als Teenager nicht fremd gewesen war. Zum Glück hatte sie es mit der Zeit ablegen können. Aber in einer neuen und fremden Umgebung konnte auch sie noch heute rote Wangen und feuchte Hände bekommen.

»Wollen Sie eine Tasse Tee, Mr Oliver?«

»Brent, nennen Sie mich Brent.«

»Mags.«

Doch bevor sie eine Tasse holen konnte, stand Charles Milver neben ihnen und klatschte in seine Hände.

»So, genug gefaulenzt! Ich will das Licht ausnutzen, nachher wird es zu dunkel sein. Zuerst die Aufnahmen draußen, dann im Haus.«

Er sah seinen Assistenten abschätzig an.

»Brent, du baust schon einmal die mobile Beleuchtung auf. Wir fangen hier in der Küche an. Mrs Blake, können Sie mich und Diana nach draußen begleiten und uns eine Führung durch den Garten geben?«

Er sah sich um, und als sein Blick auf Diana Tyler und Sam fiel, lächelte er leise.

»Man kennt sich anscheinend?«

Seine Stimme wurde lauter, fast schneidend.

»Diana! Wir gehen jetzt raus.«

»Aber …«

Die junge Frau schien kein Interesse zu haben, ihren Platz an Sams Seite zu verlassen.

»Jetzt. Bitte.«

Mags konnte hören, dass sein Bitte kein höfliche Frage, sondern eine deutliche Aufforderung war.

Die Redakteurin ballte kurz die Hände zu Fäusten, nickte dann aber.

Mags seufzte. Das konnte ja heiter werden.

9

Die Tour durch den Garten war weniger anstrengend gewesen, als Mags befürchtet hatte. Einmal draußen, hatte Diana Tyler gute und spannende Fragen gestellt, die deutlich machten, warum sie für den Artikel ausgesucht worden war. Sie hatte selbst kein tieferes Wissen über Gärten, aber eignete sich schnell Begriffe und Namen an, und Mags war sich am Ende sicher, dass die Frau neben ihr ausreichend Material zusammenbekommen hatte.

Mags hatte die letzten Tage länger überlegt, wie sie die Geschichte ihres Gartens am besten erzählen könnte. Jeder Garten, den Mags jemals betreten hatte, erzählte eine eigene Geschichte. Manche traurig, manche romantisch, manche kämpferisch. Manche ermöglichten einen Spaziergang durch die Vergangenheit, andere waren darauf angelegt, immer wieder Einblicke in die Zukunft zu gewähren.

Mags' Garten, also der Garten, den das Cottage mitgebracht hatte, und das, was sie die nächsten Jahre aus ihm machen wollte, erzählte eine Geschichte, die sich für sie von Anfang an um die Idee eines Zuhauses, eines Heims, einer Zuflucht drehte.

»Das Cottage in seiner jetzigen Form ist an die hundertfünfzig Jahre alt. Aber sicherlich hat an dieser Stelle schon vorher ein Haus gestanden. Sehen Sie den kleinen Bach und die Senken dort hinten?«

Mags zeigte auf eine Wiese, die hinter ihrem Garten leicht abfiel und im Frühjahr stets nass und feucht stand.

»Ich glaube, dass dort einmal ein Fischteich gewesen sein muss, gespeist vom Bach. Heute hat er zu wenig Wasser, im Sommer ist er für einige Tage fast völlig ausgetrocknet. Aber vor, sagen wir mal, zweihundert Jahren, als die anderen Flüsse der Umgebung noch nicht in Kanäle gezwängt waren, hat er sicherlich mehr Wasser geführt.«

Sie freute sich, dass die Redakteurin sich Notizen machte. Nicht nur Sam hatte etwas zu bieten.

»Als ich das erste Mal hier im Garten stand, habe ich mich sofort zu Hause gefühlt. Er hat eine einfache, aber klare Aufteilung. Es gibt die Wiese und die Obstbäume am hinteren Ende. Dann den Bach als Begrenzung, an dem damals noch drei Weiden standen. Stauden und Büsche waren über die Jahre mit mehr Liebe als Wissen in die Beete gesetzt worden, und eine meiner Aufgaben ist es nun, für die Pflanzen die richtigen Standorte zu finden.«

»Was unterscheidet den einen richtigen von einem falschen Standort?«

Mags nickte.

»Eine gute Frage. Es geht einmal natürlich um Licht und Schatten. Jede Pflanze hat sehr klar bestimmte Bedürfnisse. Aber auch der Boden, die Erde spielen eine Rolle. Wobei ich die als Gärtnerin auch mit etwas Aufwand anpassen könnte. Ich kann den pH-Wert verändern, Erde schwerer oder lockerer machen, düngen und, und, und.«

Mags sah, wie der Fotograf sich ohne Rücksicht auf seine Kleidung auf den Boden kniete, um den besten Winkel für sein Motiv zu finden.

»Aber dann geht es um Farben und um Höhe. Blickachsen, Blickwinkel. So wie Ihr Kollege gerade versucht, ein Bild einzufangen, versuche ich, eines zu schaffen.«

Sie ging zu einem Bereich des Gartens, in dem sie schon viel geschafft hatte.

»Die hier ist eine eher schattige Ecke. Die Pflanzen, die hier wachsen, zeigen ihre Schönheit selten in großen Blüten oder prächtigen Farben. Um das hier zu gestalten, muss man sich die verschiedenen Grüntöne ansehen, die Breite und Größe der Blätter, ob sie rau, glatt, dick oder dünn sind. Ob die Pflanze sich nach unten neigt oder nach oben ausrichtet.«

Mags strich über die Blätter und freute sich sehr, als die Frau neben ihr es ihr nachmachte.

»Das ist das Material, mit dem ich hier arbeite. Und je mehr mein Garten später in jedem seiner

Bereiche den Pflanzen den perfekten Ort bietet, je mehr sich die Pflanzen hier also zu Hause fühlen, desto mehr fühlt sich auch jeder, der den Garten betritt, zu Hause.«

»Sie sprechen über einen Garten wie andere Menschen über ein Kunstwerk oder ein Buch.«

Mags blickte auf.

»Ja?«

»Jetzt sehen Sie mich ganz erstaunt an. Das war ein Kompliment, falls es nicht klar geworden ist.«

Mags musste lachen.

»Doch, das ist es. Danke. Ich war nur so verblüfft.«

Sie sah sich nach dem Fotografen um, der irgendwo hinter dem Haus verschwunden war. Er würde schon wissen, was er tat.

»Kommen Sie, ich zeige Ihnen, was ich im nächsten Jahr im Küchengarten alles vorhabe. Und dann gehen wir in die warme Küche und trinken einen Tee. Es wird wirklich immer kälter.«

10

Mags hatte Diana Tyler bei Miss Clara in der Küche gelassen, die die Redakteurin sofort mit einer Tasse Tee und einem Teller Weihnachtsplätzchen versorgte.

Sie selbst war wieder hinausgegangen auf der Suche nach Charlie Milver und Brent Oliver. Der Himmel hatte sich immer weiter zugezogen, und sie machte sich Sorgen. Wenn das angekündigte Tief schneller als gedacht von Osten aufziehen würde, könnte es bei diesen Temperaturen schon am Abend zu Eisregen kommen.

»Ah, Brent!«

Der junge Mann saß, eine dünne Zigarette in der Hand, auf der Bank neben der Haustür und sah schuldbewusst auf.

»Mrs Blake. Ich …«

»Mags. Ich habe sie und Mr Milver gesucht. Wissen Sie, wo er ist?«

»Keine Ahnung. Er sagte, er braucht mich nicht mehr.«

Mags schaute zum Himmel, der sich mittlerweile schon völlig zugezogen hatte.

»Sie sollten wirklich schon mal alles ins Auto

packen. Und sobald Mr Milver wieder da ist, sollten Sie auch losfahren. Der Wetterdienst hat für heute Nacht eine Schlechtwetterfront angekündigt, sie befürchten Eisregen.«

»Eisregen? Aber es ist doch viel zu warm dafür, oder?«

»Ja, noch. Aber das Wetter hier in Cornwall kann manchmal recht schnell umschlagen. Seewetter. Und mein Gefühl sagt mir, dass der Regen nicht lange auf sich warten lässt.«

»Ah. Gut.«

Er sah nervös auf seine schon fast abgebrannte Zigarette und wusste sichtlich nicht, wohin er damit sollte. Mags hatte Erbarmen mit dem jungen Mann und zeigte auf einen Stein neben der Bank.

»Legen sie den Rest einfach unter den Stein, ich räume es dann später weg. Und so kann es nicht weggeweht werden.«

Der Assistent hob den Stein an und tat, was sie gesagt hatte.

»Ich hoffe, Charlie kommt gleich. Wir haben abgesprochen, dass wir rechtzeitig aufbrechen. Ich meine, immerhin ist Weihnachten, und wir sind alle froh, wenn wir …«

Er wurde rot, und Mags grinste.

»Wenn Sie Ihre Ruhe haben? Das kann ich gut nachvollziehen. Auch ich freue mich, wenn hier alles vorbei ist.«

»Aber wollten Sie nicht, dass Ihr Garten und Ihr Haus so fotografiert werden? Viele Leute bewerben sich jahrelang bei unserem Magazin und hoffen darauf, dass sie zeigen können, was sie haben.«

Mags schmunzelte.

»Sie meinen, um damit anzugeben, oder?«

»Manchmal. Ja.«

»Hier liegt der Fall wohl etwas anders. Zum einen ist das Magazin auf eine Freundin von mir zugegangen, die daraufhin mich überredet hat, mein Haus und meinen Garten zu zeigen. Es ist schlicht Werbung, für mein und auch für ihr Unternehmen.«

Brent stand auf und wirkte das erste Mal etwas entspannter. Er lächelte.

»Das ist gut. Ich habe bei solchen Reportagen Geschichten über die Hausbesitzer gehört … Aber lassen wir das.«

Er sah sie schüchtern an.

»Dann arbeiten wir also beide am letzten Tag vor Weihnachten. Mit dem Unterschied, dass Sie dann gleich damit fertig sind und mir noch eine mehrstündige Fahrt mit Mr Superfotograf und Mrs Superschlaue Journalistin bevorsteht.«

Er wurde rot.

»Ich hoffe, das klang jetzt nicht zu kindisch. Es ist nur – die beiden reden gerne. Und viel. Vor allem über sich selbst.«

Mags musste lachen. Auch, wenn sie sowohl den Fotografen als auch die Redakteurin nur kurz erlebt hatte, schien ihr etwas an seinen Aussagen dran zu sein.

Sie runzelte die Stirn.

»Ich wusste nicht, dass sie noch heute die ganze Strecke nach London zurückfahren werden.«

Um ehrlich zu sein, hatte Mags noch nicht mal darüber nachgedacht, wie das Team zurückkommen würde oder ob sie in einem Hotel übernachten wollten.

»Kommen Sie doch mit in die Küche, wir lassen Sie doch nicht ohne Proviant losfahren. Oder gehen Sie besser schon mal vor, ich laufe schnell rüber in mein Büro und suche dort nach einer Thermoskanne, die ich Ihnen mitgeben kann.«

Das Büro von Mags' Gartenfirma lag in einem der neben dem Weg stehenden alten Stallgebäude, das sie sorgsam umgebaut hatten. Eine Bedingung, an die die Bank die Bewilligung des nicht gerade geringen Kredites für den Kauf des Cottages geknüpft hatte, war die zusätzliche Nutzung der Gebäude durch Mags' Firma.

Und in der kleinen Teeküche dort lagerte Mags immer eine bunte Auswahl alter, aber noch voll funktionsfähiger Thermoskannen für ihre Mitarbeiter.

Mit zwei großen Thermoskannen unter dem Arm trat sie aus dem Schuppen, als sie Agathas Schnattern hörte und kurz darauf einen wütenden Fluch. Doch bevor sie zum Stall eilen konnte, kam ihr Milver schon entgegen.

»Ihre Gans hat es ja faustdick hinter den Ohren.«

»Oh, ist sie schon wieder ausgebüxt?«

Mags versuchte, schuldbewusst auszusehen.

»Nein. Sie ist doch in ihrem Gehege. Ich wollte sie nur fotografieren und habe das Gatter geöffnet, und da …«

Mags lachte, sie konnte einfach nicht anders.

»Sie sind zu ihr reingegangen? Haben Sie denn nicht gesehen, wie sie vorhin Ihr Auto angegriffen hat?«

»Ich dachte, sie hat etwas gegen Autos.«

»Ah, nein. Agatha mag zwar auch keine Autos, aber vor allem hat sie es auf Männer abgesehen. Sie mag sie nicht. Also nicht Sie persönlich, verstehen Sie mich nicht falsch, sondern schlicht keine Männer.«

Milver rieb sich seinen Oberschenkel.

»Das habe ich gemerkt.«

»Kommen Sie, wir machen Ihnen ein Paket mit Proviant für die Rückfahrt. Es zieht sich zu. Nicht, dass Sie noch hier festsitzen.«

Milver sah erstaunt zum Himmel hoch.

»Festsitzen?«

»Ja, es ist Eisregen angekündigt. Und es gibt eine Unwetterwarnung für die Nacht und für morgen. Aber wenn Sie bald losfahren, sollten Sie es eigentlich unter dem Regen hindurch schaffen.«

Milver sah wieder zum Himmel und dann zu Mags. Aus irgendwelchen ihr unbekannten Gründen lachte er leise.

»Wirklich? Ist das so? Na, dann sollte ich mich aber wirklich beeilen.«

Und mit diesen Worten ließ er sie stehen und schlenderte zurück in Richtung Garten.

11

In der Küche standen Diana Tyler und Brent Oliver neben Miss Clara am Küchentisch und schmierten Brote.

»Wir sind fast fertig, ich habe auch schon einen starken Tee aufgesetzt. Der junge Mann hier hat mir erzählt, dass heute noch eine lange Autofahrt vor unseren Gästen liegt.«

Die Redakteurin lächelte Mags an.

»Ihr Haus und der Garten sind wunderbar! Ich bin ja normalerweise gar nicht so ein großer Weihnachtsfan, aber hier könnte ich es glatt werden. Wenn das so weitergeht, freue ich mich sogar noch darauf, mit meiner Familie morgen früh den grauenvollen Geigenkünsten meiner Nichte zu lauschen.«

»Oh, das kenne ich. Mein Vater bestand früher darauf, dass ich ein Instrument lerne, und ich habe mich damals für …«

Brent Oliver hob plötzlich den Kopf und unterbrach sie.

»Was ist das für ein Geräusch?«

Mags lauschte, seufzte und begann schon, die Schlafmöglichkeiten im Haus zusammenzuzählen.

Das würde auf jeden Fall eng und kuschelig werden.

»Das, mein Lieber, ist das Geräusch von Regen, der gegen die Fenster trifft und dort friert.«

Diana und Brent stürmten zum Küchenfenster, und Mags legte ihr Messer zur Seite. Die Brote würden sie jetzt nicht mehr brauchen. Miss Clara blickte sie an.

»Dann sind wir wohl drei Leute mehr beim Abendessen.«

»Ja, sind wir.«

»He, Charlie ist da draußen!«

Brent winkte Mags und Clara zu, damit sie ans Fenster traten.

Der Fotograf hatte seine Jacke ausgezogen und hielt sie sich mit beiden Händen über den Kopf, während er über den Rasen auf den Weg zum Haus zueilte.

Mags fluchte. Wo die Wiese noch halbwegs sicheren Halt bot, wäre der Weg mittlerweile schon völlig vereist. Sie riss die Küchentür auf, um ihn zu warnen, aber es war zu spät. Seine Füße fanden keinen Halt mehr, und schneller, als sie gucken konnten, lag der Mann auf dem Boden.

»Verdammt!«

Mags hielt Brent, der zu Hilfe eilen wollte, an der Jacke fest.

»Nicht! Das ist Eis da draußen.«

Sie sah sich um, aber Miss Clara hatte natürlich mitgedacht und vom Herd den schweren Ascheneimer mitsamt der Schaufel geholt und drückte ihn ihr in die Hand.

»Versuch es damit.«

Mags sah skeptisch auf die Steinplatten vor dem Haus, streute eine Schaufel Asche aus und trat einen Schritt vor. Sie fand Halt. Es klappte. Mit vorsichtigen Schritten arbeitete sie sich zu Milver vor, der sich mittlerweile stöhnend aufgesetzt hatte.

»Vorsicht! Bleiben Sie sitzen.«

Sie war bei ihm angekommen und sah ihn an.

»Nicht bewegen. Sind Sie auf dem Rücken gelandet?«

Milver fluchte, und sie sah, dass er vor Schmerzen Tränen in den Augen hatte.

»Nein. Auf meinem Arsch.«

Mags atmete auf. Ein Sturz auf den Allerwertesten, vor allem auf das Steißbein, war unendlich schmerzhaft, das wusste sie aus eigener Erfahrung, und das war auch der Grund, warum sie im Leben keine Schlittschuhe mehr anfassen würde. Aber er war nicht so gefährlich wie ein Sturz auf den Rücken.

»Autsch.«

Es regnete weiterhin, und Mags beobachtete fasziniert aus den Augenwinkeln, wie jeder einzelne

Grashalm und jedes Blatt ihres Gartens mit einer Schicht aus Eis umschlossen wurde. Das Ergebnis war magisch – ein Garten aus Eis, der trotz der Wolken am Himmel glänzte und funkelte. Was würde sie dafür geben, das Ganze bei Sonne sehen zu dürfen.

Sie wusste, dass die Schicht aus Eis den meisten ihrer Pflanzen keinen Schaden zufügen würde. Vielmehr nutzen ja Obstbauern genau diesen Effekt, um die empfindlichen Knospen ihrer Bäume vor spätem Frost zu schützen. Sie vernebelten Wasser zwischen ihren Bäumen, der sich dann bei Frost wie eine weitere Schutzhülle um ihr wertvolles Gut schmiegte. Aber in dieser Menge und Dicke, am Tag vor Weihnachten in ihrem eigenen Garten, hatte sie es noch nie gesehen.

Dann wurde sie von einem weiteren Stöhnen des Fotografen aus ihrer Verzauberung zurückgeholt.

»Helfen Sie mit jetzt, oder was?«

12

Mags hatte Charles Milver vorsichtig dabei geholfen, sich auf das Sofa im Wohnzimmer zu legen, und ihm neben einem dicken Kissen auch gleich eine Packung Schmerzmittel gebracht. Als sie zurück in die Küche kam, flackerten die Lichter noch einmal kurz auf, und es wurde dunkel. Der Strom war weg.

»Das war ja zu erwarten.«

Mags beunruhigte der Stromausfall nicht so sehr wie ihre anderen beiden Gäste aus London. Sowohl Brent als auch Diana sahen sie erschrocken und ungläubig an.

»Aber ohne Strom …«

»Wir haben einen Generator, den wir für den Notfall anwerfen können. Nicht die ganze Zeit, ich weiß ja nicht, was das Wetter noch mit uns vorhat, aber für einige Stunden am Tag reicht es. Zum Beispiel, um morgen früh alle wichtigen Akkus aufzuladen und einmal die Boiler mit heißem Wasser zu füllen. Und da wir im Haus ausreichend Kamine und Öfen haben, müssen wir uns auch um die Wärme keine Sorgen machen. Das heißt, solange es genügend Freiwillige gibt, die das Feuerholz holen und neues hacken.«

Diana Tyler starrte Mags immer noch wie ein Kaninchen an.

»Aber ich muss zurück! Ich kann hier nicht bleiben. Meine Familie erwartet, dass ich morgen früh bei ihnen vor der Tür stehe. Ich habe noch nie Weihnachten …«

Mags konnte sehen, wie der Frau schon während sie sprach klar wurde, dass sie auf den gemeinsamen Weihnachtsmorgen mit ihrer Familie für dieses Jahr verzichten musste.

»Draußen wird gerade alles mit einer dicken Schicht Eis überzogen. Es ist viel zu gefährlich, bei diesem Wetter zu fahren. Es hat sicherlich schon unzählige Unfälle gegeben. Sie können froh sein, noch hier zu sein und nicht irgendwo auf einer gesperrten Autobahn bei Minusgraden im Auto festzusitzen.«

»Aber …«

Von der Tür war ein Lachen zu hören, dann kam Charlie Milver mit schmerzverzerrtem Gesicht und einem dicken Kissen in der Hand in den Raum.

»Aber was, Diana? Kannst du nicht brav mit deiner Familie feiern? Deine Eltern werden ihre schlaue und erfolgreiche Tochter sicherlich vermissen.«

Mags mochte seinen Ton nicht und beeilte sich, dazwischenzugehen.

»So! Wir sollten die Kamine anheizen und alles für die Nacht vorbereiten. Und dann setzen wir uns zusammen und essen gemeinsam zu Abend.«

Mags war froh, dass sie und Sam sich dafür entschieden hatten, alle Kamine und die alten Holzöfen im Haus zu erhalten. Jim hatte dafür gesorgt, dass alle auch funktionierten.

Sie dachte nach.

»In Sams Arbeitszimmer ist Platz für ein Bett, da können Sie schlafen, Diana.«

Die Redakteurin sah immer noch unglücklich aus, nickte aber dankbar. Miss Clara war im großen Gästezimmer untergebracht, das einen Kamin hatte. Eigentlich passte dort noch ein zweites Bett hinein, aber Mags wollte ihrer Freundin die Ruhe gönnen. Das Arbeitszimmer musste also ausreichen.

Gulliver war im Eckzimmer untergebracht, in dem ein Bollerofen stand, der ebenfalls beheizt werden konnte. Ihm würde nicht kalt werden.

Jim hatte eigentlich geplant, am Abend nach Hause zu fahren, seine Hühner zu versorgen und erst am Weihnachtsmorgen wieder zum Frühstück zu kommen.

»Jim? Willst du das kleine Dachzimmer haben? Es hat keinen eigenen Ofen und könnte frisch sein. Oder willst du sonst zu Gulliver …«

Jim lachte auf.

»Nein. Das Dachzimmer reicht völlig. So schnell friere ich nicht, und wenn bei Clara der Kamin läuft, dann zieht die Wärme ja durch den Schacht nach oben. Ich glaube, es wird warm genug.«

Das hatte Mags gehofft. Jim liebte seine Ruhe, und vor allem war er auf seinem Hof, den er autark betrieb und auf dem es keine Heizungen gab, an Kälte gewohnt.

»Was ist mit deinen Hühner? Und den Katzen?«

Jim winkte ab.

»Die Hühner sind im Stall und haben genug zu fressen, und die Sonne heute Nachmittag hat wahrscheinlich auch ausreichend Energie geliefert, damit sie es warm haben.«

Jims Hühnerstall war nichts anderes als der alte grüne VW-Bus mit dem Namen Puckpuck, den Mags in ihrer ersten Zeit in Cornwall gefahren hatte. Nachdem er endgültig kaputtgegangen war und auch Mr Smith, Rosehavens Automechaniker nichts mehr für ihn hatte tun können, hatte Jim ihm so einen Ruhesitz gegeben. Und die Hühner lieben ihr neues Zuhause. Und da Jim eben Jim war, hatte er gleich auf dem Dach des Busses mehrere Solarzellen installiert, die er mit den Wärmelampen über den Nestern seiner Hennen verbunden hatte. Wahrscheinlich hatten die Hühner es heute Nacht also wärmer als so manch anderer.

»Und die Katzen finden schon einen Ort. Keine Sorge. Wenn es morgen Abend noch so ist wie jetzt, würde ich mich allerdings einmal auf den Weg machen müssen. So oder so.«

Mags nickte.

»Hoffen wir mal, dass es schnell taut.«

Sie sah sich in der Küche um.

»Gut. Dann bleiben also noch Sie beide.«

Sie musterte Charlie Milver und seinen Assistenten. Der Fotograf grinste sie breit an, Brent verdrehte nur die Augen. Mags verabschiedete sich innerlich von der Vorstellung, am Morgen des ersten Weihnachtsfeiertages zusammen mit Miss Clara und den anderen im Wohnzimmer vor dem Kamin zu sitzen und die Geschenke auszupacken. Sie seufzte.

»Sie werden im Wohnzimmer schlafen müssen, dort ist es warm, und es gibt ausreichend Platz.«

Nachdem das geklärt war, stand sie auf.

»Sam? Kannst du die Kamine und Öfen anheizen? Jeder, der eine Hand frei hat, hilft dabei, Holz reinzuholen. Jim, siehst du mal nach dem Generator? Wenn wir ihn morgen früh anwerfen, können wir warmes Wasser und ausreichend Strom für einige Stunden haben. Und vielleicht sieht die Welt dann auch schon wieder anders aus.«

Wobei sie das im Hinblick auf die Stromversorgung und die Telefonleitungen arg bezweifelte. In England und speziell in Cornwall waren einfach noch zu viele der Stromleitungen oberirdisch verlegt und brachen im Herbst oder Frühjahr regelmäßig bei Stürmen zusammen. Daher war sie sich auch sicher, dass sie, selbst wenn die Straßen morgen wieder frei wären, noch einige Tage lang auf Strom verzichten müssten. Die Schicht aus Eis, die sie bei einem schnellen Blick aus dem Fenster auf den Pflanzen und Wegen sah, hatte wahrscheinlich schon bald jede Stromleitung in der Region in die Knie gezwungen.

Innerhalb von wenigen Minuten war die Küche leer bis auf sie selbst und Miss Clara, die sie nun anlächelte.

»Und was soll ich tun, Mrs Blake?«

»Ich und wahrscheinlich auch alle anderen wären Ihnen immens dankbar, wenn Sie mich nun kommandieren und mir sagen, wie wir die Meute heute Abend verköstigen wollen.«

»Oh, das tue ich auf jeden Fall gerne. Meine Mutter hatte in ihrer Küche immer ein besticktes Tuch mit einem Spruch hängen. ›Fünf sind geladen, zehn sind gekommen. Gieß Wasser zur Suppe, heiß alle willkommen.‹ Wobei ich eher daran dachte, eines der Hühner zu stibitzen, die Gulliver für das Weihnachtsessen mitgebracht hat.«

Mags krempelte sich die Ärmel auf, und erst, als sie neben Miss Clara stand und Gemüse kleinschnitt, wurde ihr klar, dass sie gerade genau das getan hatte, was sonst ihre Freundin immer getan hatte. Das Kommando übernehmen.

Was ein eigenes Haus und ein Unwetter so alles

aus einem hervorholen konnten. Mags schmunzelte und machte sich daran, den Sellerie in kleine Stücke zu schneiden.

Agatha hatte vorsichtig ihren Schnabel durch den Maschendrahtzaun gesteckt und schnell wieder zurückgezogen. Das, was da von oben kam, war Eis. Sie hatte bisher nur zweimal am Morgen etwas Eis auf dem Wasser ihrer Badewanne gehabt – und sie mochte das gar nicht.

Die Hühner waren sicher in ihrem Stall eingeschlossen, und auch Agatha wollte angesichts des merkwürdigen Regens und der Kälte besser wieder zurück in ihre Hütte. Wüsste ihr Mensch, dass sie schon wieder die Tür geöffnet hatte, würde sie sicherlich mit ihr schimpfen. Und ein weiteres Schloss an ihrer Tür anbringen. Agatha gab ein kleines Schnarren von sich. Als ob sie die Tür benutzen würde.

Wieder hörte sie den Fuchs, bevor sie ihn sehen konnte. Seine Krallen machen auf dem Eis ein kratzendes Geräusch. Agatha war froh, dass Füchse ihre Krallen nicht wie Katzen einziehen konnten. Und dass die Katzen, die sie manchmal von den Nachbarhöfen besuchen kamen, viel zu faul und vielleicht auch zu schlau waren, um Jagd auf eine ausgewachsene Gans zu machen. Denn eine Katze hätte sie niemals rechtzeitig gehört.

Als sie das Geräusch zum zweiten Mal hörte, erreichte sie auch der Geruch des Fuchses. Er und die anderen seiner Art trugen ihn wie eine Fahne vor sich her, zur Paarungszeit so stark, dass sogar die Menschen mit ihren jämmerlichen Nasen ihn riechen konnten.

Agatha gab ein warnendes Zischen von sich. Sie hatte keine Zeit mehr, in ihre Hütte zu gelangen. Wieder zischte sie, als der Fuchs näher kam, und breitete ihre Flügel weit aus.

Der Fuchs zögerte. Gut. Sie zischte und schlug dann mehrmals so heftig mit den Flügeln, dass der Wind ihre Federn aufrichtete.

Der Fuchs drehte sich um und lief davon. Agatha beobachtete ihn. Für heute hatte sie gewonnen.

Sie ging zurück in ihren Stall und versteckte ihren Kopf zwischen den Flügeln.

Es wäre schön, nicht so alleine zu sein.

13

Mags rückte die letzte Kerze auf dem Tisch zurecht und drehte sich dann zu Miss Clara um, die neben Jim am Herd stand und leise über etwas lachte, das er ihr zugeraunt hatte. Es war so schön, ihre Freundin nicht nur bei sich zu haben, sondern sie auch wieder lachen zu hören.

»Was gibt es da zu flüstern?«

»Oh. Nichts, nichts.«

»Nach nichts hörte sich das aber nun wirklich nicht an.«

»Jim hat nur überlegt, ob morgen früh noch alle in den Betten liegen werden, die du ihnen zugeteilt hast. Es ist ein bisschen so wie früher auf Klassenfahrt.«

Mags runzelte die Stirn.

»Aber wer sollte denn mit wem …?«

Bevor sie weiter darüber nachdenken konnte, hörte sie hinter sich die Küchentür aufgehen, und nach und nach kamen ihre Gäste herein.

Sie lächelte zufrieden, als sie die freudige Überraschung in den Gesichtern von Brent und Diana sah.

»Ah, da sind ja alle. Wir dachten uns, wie feiern den heutigen Abend trotz aller Umstände.«

Da das Wohnzimmer von den beiden Männern belegt war, hatte Mags mithilfe von Sam und Jim den runden Küchentisch gegen eine selbst gebaute Tafel aus Tischböcken und einer alten Tür ausgetauscht. Sowohl Tür als auch Tischbeine verschwanden unter einer schweren roten Tischdecke. Jeder Platz war mit unterschiedlichen Tellern eingedeckt, die Mags für wenig Geld auf den Flohmärkten erstanden hatte. Nichts passte zusammen, aber jedes Stück erzählte mit seinem verblassten Dekor, den Goldrändern und Verzierungen eine eigene Geschichte. Zum Glück für alle hatte Cynthia in der Vorbereitung eine große Kiste mit Kerzen jeder Größe und Form angeschleppt – an Licht mangelte es also trotz der fehlenden Elektrizität nicht.

Jim und Miss Clara hatten sich in der Küche ins Zeug gelegt. Der Duft, der aus dem großen Topf auf dem alten Holzofen zog, ließ Mags das Wasser im Munde zusammenlaufen. Sie hatten eines der eigentlich für Weihnachten gedachten Hühner geopfert, um eine sämige Suppe anzusetzen. Jim hatte bei der Renovierung im Schuppen einen alten, schweren gusseisernen Topf gefunden und ihn genutzt, um ein Brot in ihm zu backen, das er mit Käse und Kräutern gefüllt hatte.

Dank Gulliver standen außerdem mehrere Flaschen guten Rotweins auf dem Tisch. Keines der Weingläser hatte die gleiche Form oder Höhe, aber Mags gefiel es so.

Das Gesteck in der Mitte des Tisches war ihr ganzer Stolz. Nicht so geordnet und nicht so filigran wie die von Cynthia, streckte es seine Ranken aus Efeu und Stechpalmenzweigen in alle Richtungen. Aus dem dunklen Grün schauten die aus Papier ausgeschnittenen Gesichter von Elfen und Feen hervor. Mags hatte den Kalender des Vorjahres geopfert und aus seinen Bildern die Figuren ausgeschnitten.

Die Elfen hatte Steven Young gemalt. Mags dachte wehmütig an den berühmten Maler, den sie erst vor Kurzem kennen- und schätzen gelernt hatte. Er war der Adoptivvater ihrer Mutter gewesen, und somit irgendwie auch Mags' Großvater. Steven hatte die Bilder der Elfen heimlich für Mags und den jedes Jahr für gute Zwecke verkauften Kalender der Gartenfreunde Rosehavens gemalt.

Unter der Bedingung, dass sein Name nicht genannt wurde.

»Mags«, hatte er gesagt, »wenn meine Galeristin auch nur vermuten würde, dass ich wofür auch immer kleine Elfen malte, würde sie mir das Fell über die Ohren ziehen und mir gehörig auf die Nerven gehen. Humor ist etwas, was auf dem Kunstmarkt nicht unbedingt weit verbreitet ist. Also nimm die Elfen und verrate einfach nicht, woher du sie hast, ja?«

Mags vermisste Steven, den sie schon vor Monaten eingeladen hatte, das Weihnachtsfest mit ihr zu verbringen. Aber er hatte nach den Feiertagen eine Ausstellung in Amerika und nutzte die Chance, vorher einen alten Freund zu besuchen, der in Miami lebte.

Der Kalender war der Hit auf dem jährlichen Herbstfest in Rosehaven gewesen – aber bisher hatte niemand erraten, aus welcher Hand die Elfen stammten.

Bis jetzt.

Charles Milver beugte sich neugierig über das Gesteck, schüttelte ungläubig den Kopf und zog dann mit einem Ruck eine der Elfen aus ihrer grünen Umgebung.

»He!«

Mags' Protest erstarb, als Milver sie mit großen Augen ansah.

»Wer hat die gemacht?«

Mags verschränkte die Arme und funkelte den Fotografen an.

»Ein Freund.«

Milver überlegte kurz.

»Ein *junger* Freund?«

Mags nahm ihm die Elfe ab und stopfte sie energisch wieder zurück in das Gesteck.

»Ein sehr guter Freund.«

Sie hätte Tischkarten machen sollen. Warum hatte sie nicht daran gedacht? Mags ärgerte sich. Es wäre ein Einfaches gewesen, mit wenig Arbeit schlichte Kärtchen herzustellen und alle nach ihrem Plan zu platzieren.

Seufzend blickte sie über den Tisch. Wie früher in der Schule hatten sich einige sehr geschickt einen Platz gesucht und lächelten fröhlich. Andere hatten nicht aufgepasst oder waren zu langsam gewesen und verzogen das Gesicht.

Gulliver schien am unglücklichsten zu sein, da sich Milver den Stuhl neben ihm geschnappt und dabei Sam unauffällig zur Seite geschoben hatte. Der war wiederum von Diana Tyler in Beschlag genommen worden, die sich ihm gegenüber gesetzt hatte und eifrig auf ihn einsprach. Jim hatte allein durch seine Präsenz und einen kurzen Blick Brent Oliver dazu gebracht, seinen Stuhl für Miss Clara zu räumen. Mags sah ihn an und lächelte.

»Setzen Sie sich zu mir, Brent. Es scheint, dass wir heute Abend das Vergnügen haben werden.«

Dann sah sie sich um. Sam schien keine Anstalten zu machen, etwas zu sagen, und Jim und Miss Clara sahen sie erwartungsvoll an. Nun gut. Sie klopfte kurz mit dem Messer gegen ihr Glas.

»Bevor wir mit dem Essen beginnen, würde ich gerne noch etwas sagen.«

Sie wartete, bis alle leise geworden waren.

»Erst einmal möchte ich die neuen Gesichter an unserm Tisch begrüßen. Diana, Brent Charlie – herzlich willkommen im Meadow Cottage!«

Dann sah sie über den Tisch zu Sam.

»Es ist das erste Weihnachten für Sam und mich in diesem Haus. Unser erstes Weihnachten als Ehepaar. Wir haben ein aufregendes und wunderschönes Jahr hinter uns. Es gab nicht nur eine, sondern gleich zwei Hochzeiten. Ich habe mein Glück gefunden – nur um mit ihm dann gleich in das nächste Abenteuer zu fliegen. Aber ehrlich gesagt, würde ich mit dir überall hinfliegen, Hauptsache, wir sind zusammen.«

Sam wurde rot und griff über den Tisch nach ihrer Hand, um sie zu küssen.

»Miss Clara und Eric, der morgen zu uns stoßen wird, haben es uns dann einfach nachgemacht.«

Sie sah ihre Freundin an, die lächelte und ihr zuzwinkerte.

»Ich muss nicht extra betonen, dass das größte Geschenk aber ist, das wir hier heute so zusammensitzen können.«

Sie sah in die Runde.

»Auf alte Freunde, das große Glück und neue Abenteuer.«

Alle hoben ihre Gläser und prosteten ihr lächelnd zu. Nur Gulliver sah sie nicht an, sondern hatte die Augen auf den Fotografen gerichtet. Mit einem Blick, in dem Mags die pure Wut aufblitzen sah.

Das Essen war mit einigen kleinen Ausnahmen friedlich verlaufen. Gulliver hatte Milver eisern angeschwiegen, der sich daraufhin in das Gespräch zwischen Sam und Diana Tyler einmischte und die Redakteurin dabei anscheinend mehrmals ordentlich verärgerte. Aus Sams unbewegter Miene konnte Mags wie so oft wenig lesen, ein- oder zweimal schien er allerdings eher belustigt als genervt von dem Scharmützel zu sein. Jim und Clara unterhielten sich über das Dorf und seine Bewohner, ein Thema, das nie langweilig wurde. Mags versuchte, mit Brent ein Thema zu finden, das sie beide spannend fanden, und sie waren schließlich zu ihrer beider Freude bei alten Schwarz-Weiß-Filmen aus den Dreißigern und Vierzigern gelandet. Brent war anscheinend ein richtiger Experte, wo Mags einfach nur ein Fan war – aber es machte Spaß, in die alten

Geschichten einzutauchen und von einem Film auf immer weitere zu kommen.

Der Wein ging schnell zur Neige. Mags beobachtete, dass Gulliver nur an seinem Glas nippte.

Als das erste Mal so etwas wie eine satte und zufriedene Stille über dem Tisch lag, stand Mags auf.

»Sam? Magst du uns vielleicht gleich noch einmal weiter vorlesen?«

Sie sah zu den drei Londonern.

»Wir haben am Vorabend damit begonnen, Dickens' *Weihnachtsgeschichte* zu lauschen. Es wird wahrscheinlich eine neue Tradition.«

Sie räumten den Tisch ab, und Mags löschte sorgfältig einen Großteil der Kerzen. Wer in einem alten Reetdachhaus lebte, war vorsichtig mit offenem Feuer. Die Küche versank in unheimlichen Schatten, und Mags freute sich über den Effekt.

Sie füllten die Gläser auf, Sam hatte mittlerweile das Buch geholt und begann mit leiser Stimme an der Stelle weiterzulesen, wo er am Vorabend aufgehört hatte.

»Als Scrooge wieder erwachte, war es so finster, dass er das Fenster kaum von den Wänden seines Zimmers unterscheiden konnte. Er bemühte sich, die Finsternis mit seinen Katzenaugen zu durchdringen, als die Glocke eines Turmes in der Nachbarschaft mit vier Viertelschlägen die volle Stunde ankündigte. Er lauschte, um die Stundenschläge zu hören …«

14

Als Mags am nächsten Morgen die Augen öffnete, blinzelte sie verwirrt in das helle Licht. Weder sie noch Sam hatten daran gedacht, die Vorhänge zuzuziehen. Sie setzte sich auf und sah zum Fenster. Es war so hell. Viel zu hell. Verschlafen tastete sie mit den Füßen nach den dicken Filzpantoffeln, die vor ihrem Bett standen. Normalerweise liebte sie es ja, barfuß durch das Haus zu gehen, aber bei den Temperaturen der letzten Nacht würden die Böden im Erdgeschoss eisig sein.

Ein kurzer Blick auf Sams zerzauste Haare, die unter der Bettdecke hervorblitzten, zeigte ihr, dass ihr Ehemann noch tief und fest schlief. Sollte sie ihn wecken? Die Strümpfe hingen in der Küche und …

Wieder blinzelte sie zum Fenster. Es war wirklich viel zu hell da draußen. Warum in aller Welt war es so hell? Das letzte Mal, dass sie so ein Licht …

Schnell stand sie auf. Die Pantoffeln waren vergessen, ebenso die Strümpfe. Sie stand am Fenster ihres Schlafzimmers und sah auf die tief verschneite Landschaft vor ihr. Die Scheune, in dem sich ihr Büro befand, der Zufahrtsweg mit den Pappeln, die breiten Hecken rechts und links der Felder. Alles war von einer zentimeterdicken, unberührten weißen Schicht bedeckt.

Sie holte tief Luft und merkte, wie ihr eine Träne über die Wange lief. Es war wunderschön.

Nach einigen Minuten, in denen sie das Wunder bestaunt hatte, drehte sie sich um, griff leise nach ihren Schuhen und schlich sich aus dem Zimmer. Sie wollte, nein, sie musste da hinaus. Wollte den Schnee unter ihren Schuhen hören, das Knirschen und Knatschen. Wollte die einzelnen Eiskristalle auf den Blättern und Ästen ihrer Pflanzen bewundern, wollte diese ganz spezielle Luft einatmen, die es nur gab, wenn die Welt unter einer weißen Decke lag.

In der Küche fröstelte sie. Jemand hatte am Abend die Küchentür nicht richtig geschlossen, und durch den schmalen Spalt war die warme Luft entwichen.

Fluchend schob sie Sams Gummistiefel zur Seite und drückte die Tür ins Schloss. Immer noch leise schimpfend griff sie zum Anzünder für den Ofen. Sie würde erst das Feuer machen müssen. Sie durften nicht riskieren, dass die Leitungen im Haus einfroren.

Und wenn sie schon mal dabei war, würde sie sich wenigstens eine Tasse Tee kochen.

Während sie die vertrauten Handgriffe ausführte und die dicken Holzscheite schon bald von den

Flammen umschlossen wurden, glitt ihr Blick immer wieder zu den Fenstern hinaus.

Schnee! Charlie Milver würde auf jeden Fall begeistert sein. Und die Fotos würden phantastisch werden. Cornwall im Schnee. Es war einfach perfekt.

Vielleicht war das Ganze doch nicht so unsinnig, wie sie gestern noch gedacht hatte. Vielleicht waren der Eisregen und der ganze gestrige Tag einfach nötig gewesen, damit sie dann heute das eigentliche Weihnachtswunder bestaunen und wertschätzen konnten.

Sie fuhr herum, als sie Geräusche hinter sich hörte, und lächelte Miss Clara an. Ihre Freundin sah in dem eleganten, mit Seide besetzten Morgenmantel und den in einem geschickten Knoten um den Kopf gewundenen Tuch aus wie eine Schauspielerin aus einem der Filme, über die sie am Vorabend noch mit Brent Oliver gesprochen hatte. Nur sie selbst passte mit ihrem bunten Donald-Duck-Weihnachtsschlafanzug nicht ins Bild. Sam hatte ihn ihr geschenkt, und sie freute sich jedes Mal, wenn sie Donalds grummeliges Gesicht unter seiner Weihnachtsmütze sah.

Sie hüpfte vor Freude über den Schnee, über Weihnachten und vor allem darüber, Miss Clara bei sich zu haben, wie ein kleines Kind auf und ab.

»Es hat geschneit!«

Miss Clara lachte fröhlich auf und ging auf Mags zu, um sie zu umarmen.

»Ja. Fröhliche Weihnachten, Maggie!«

»Fröhliche Weihnachten!«

Mags freute sich auch darüber, dass Miss Claras Gesicht wieder etwas mehr Farbe hatte und die hellen Augen ihrer Freundin im Morgenlicht funkelten.

Sie standen nebeneinander und sahen hinaus.

»Ein Winterwunderland.«

Doch die zauberhafte Stille wurde gestört, als ein weißer Ball mit Beinen quakend vor dem Fenster auftauchte.

»Ich glaube, da sucht dich jemand.«

»Agatha! Sie muss schon wieder aus ihrem Stall ausgebüxt sein. Unglaublich.«

Mags beobachtete kopfschüttelnd, wie sich die weiße Gans zielstrebig durch den Schnee bis zur Küchentür kämpfte. Sie öffnete die Tür, und zusammen mit einem kleinen Berg Schnee kam Agatha in die Küche gerutscht und umrundete die beiden Frauen.

»Sie hat immer viel zu erzählen, deine Freundin.«

Mags lachte und nahm die Gans auf den Arm.

»Ja. Und ich kann immer noch nicht glauben, dass ich anscheinend so mir nichts, dir nichts zu einem Haustier gekommen bin.«

»Gänse sind gute Wachhunde.«

»Ja, ich weiß. Nur muss diese Gans noch lernen, dass es auch Männer gibt, die sehr wohl hier sein dürfen. Ich befürchte, Sam wird in die Luft gehen, sollte Agatha ihn noch einmal an seiner empfindlichsten Stelle erwischen. Er hat mir vor einigen Tagen ein Rezept seiner Mutter für Gänsebraten aufgeschrieben und auf den Küchentisch gelegt.«

Miss Clara lachte.

»Wenn die Männer also gleich runterkommen, sollte unsere Freundin hier besser wieder in ihrem Stall sein, oder?«

»Ich wollte ohnehin raus und bei den Hühnern nach Eiern gucken, da kann ich sie auch gleich zurückbringen.«

»Einige von uns saßen gestern wohl noch ziemlich lange zusammen, oder? Es war ziemlich spät, bis es leise im Haus war.«

»Haben die Männer Sie wachgehalten?«

»Nein, nicht wirklich. Ich schlafe in den letzten Monaten so dünn, dass ich schon vom Husten einer Maus wach werden würde.«

Mags runzelte die Stirn. Sie selbst hatte sich, nachdem Sam das Kapitel der *Weihnachtsgeschichte* beendet hatte, entschuldigt, war ins Bett gegangen und prompt eingeschlafen. Sie war es durch ihre Arbeit gewohnt, früh aufzustehen, und konnte auch an freien Tagen nicht von ihrem Rhythmus abweichen.

»Wollen wir nett sein, wie es sich an Weihnachten gehört, und ihnen einen großen Topf Porridge und vielleicht Rühreier kochen?«

»Das wäre wirklich sehr nett. Und wahrscheinlich sollte ich auch schon mal nach unserem Vorrat an Aspirin suchen.«

Sie strich Agatha über das Gefieder.

»Aber erst einmal bringe ich meine Gans in Sicherheit.«

15

»Was ist denn, meine Schöne? Du willst drinnen bleiben? Aber das kannst du nicht. Das ganze Haus ist voller Männer. Das würdest du sicherlich nicht mögen. Und die Männer wären auch nicht so begeistert. Ich bringe dich zurück in deinen Stall, und da finde ich dann bestimmt auch noch etwas Leckeres für dich, ja?«

Der Garten sah im Morgenlicht wirklich aus wie ein Winterwunderland. Mags sang das Lied *Winter Wonderland*, das ihr in der Version von Doris Day am besten gefiel, leise vor sich hin. Agatha folgte ihr, ob angelockt von ihrem Gesang oder von der Aussicht auf Essen, in Richtung Schuppen und Hühnerstall. Mags versuchte, in der Mitte des Weges zu bleiben und möglichst wenig von der unberührten Schneedecke zu zerstören. Charlie Milver würde heute seine wahre Freude haben – vielleicht hatte das ganze Schlamassel so auch etwas Gutes für ihn. Er würde die Bilder machen, und dann würde ihn Mags höchstpersönlich mitsamt seinen Begleitern in das Auto scheuchen, sobald die Straßen frei wären.

Neben sich hörte sie ein Geräusch und sah dann, wie ein Eichhörnchen über die niedrigen Äste der Büsche zu einem der Futterhäuschen huschte, die sie aufgestellt hatte. Also machten die Häuschen doch noch Sinn – wobei die meisten der Tiere ja ihre Wintervorräte schon längst angelegt hatten. Ein fleißiges Eichhörnchen baute neben seinem Schlafkobel, einem Nest in den Bäumen, meist auch noch ein oder zwei Vorratskobel. Essen war kein Problem, Mags beobachtete nur mit Sorge, wie immer mehr der grauen Eichhörnchen auch Cornwall eroberten. Die Grauhörnchen benötigten kleinere Reviere, konnten sogar in Gruppen leben und vertrieben so nach und nach ihre roten und schwarzen Verwandten. Eingebürgert im neunzehnten Jahrhundert von wohlmeinenden Reisenden, die die grauen Hörnchen putzig fanden. Bis ihnen klar wurde, wie schnell sie sich aufgrund fehlender Fressfeinde und Parasiten ausbreiteten. Auch nutzten Grauhörnchen in einem viel höheren Maße den Bast von jungen Buchen und Eichen.

Nach dem Eichhörnchen wurde Mags' Blick eingefangen von einem Rotkehlchen, das unter den dicken Ästen einer Buchhecke Schutz gesucht hatte. Sie lächelte. Das war zu perfekt. Ein Rotkehlchen zu Weihnachten. Sie dachte an die alte Legende, nach der das Rotkehlchen Jesus und seine vor Ermüdung eingeschlafenen Eltern im Stall von Bethlehem vor dem Erfrieren gerettet haben sollte, indem es mit seinen kleinen Flügeln das Feuer vor dem Erlöschen bewahrte. Dabei soll die Glut seine Federn versengt und ihnen ihre rote Farbe gegeben haben.

Mags hatte als Kind immer gefallen, dass weder die Menschen noch die großen Tiere, weder die Engel noch die weisen Könige das Ausgehen des Feuers bemerkt hatten, sondern der kleine und stille Vogel.

Sie sollte Sam vorschlagen, die Besuche der Eichhörnchen und Vögel in ihrem Garten zu dokumentieren. Er hatte von seinem Schreibtisch aus den perfekten Blick – und es wäre spannend zu sehen, wie viele unterschiedliche Tiere sie bei sich begrüßen durften.

Sie ging weiter und hielt dann aber plötzlich inne. Etwas lag auf der Wiese, nur ein kleines Stück vom Weg entfernt. Was war das nur? So groß konnte … Sie machte vorsichtig ein paar Schritte und blieb dann stocksteif stehen. Was da vor ihr lag, halb vom Schnee bedeckt, war ein Mensch. Ein Mensch, dessen weiße Turnschuhe mit dem Schnee verschmolzen und neben dessen Kopf der Schnee blutrot leuchtete.

Mags wagte es kaum zu atmen. Sie sollte weitergehen, nachsehen. Dann fiel ihr Blick auf eine Hand, die blau und steif aus dem Schnee ragte.

Sie drehte sich zu der Gans um, die ungewohnt leise und still auf dem Weg stehen geblieben war und sie mit ihren hellblauen Augen scheinbar fragend ansah.

»Agatha, komm. Komm her. Das wolltest du mir sagen, oder? Psst. Ganz ruhig. Ich bringe dich nur schnell in den Stall. Alles wird gut. Alles wird gut.«

16

Als Mags zurück in die Küche kam, saß Miss Clara nicht mehr alleine am Küchentisch. Auch Sam und Jim hatten sich aus ihren Betten gekämpft und hielten Becher mit dampfendem Tee in der Hand.

»Frohe Weihnachten!«

Sam trat auf sie zu und merkte dann, dass etwas nicht stimmte.

»Mags? Ist alles gut? Du siehst so blass aus. Ist bei den Hühnern alles gut? Mit Agatha?«

Mags sah ihn einen Moment lang schweigend an und schloss dann vorsichtig die Küchentür hinter sich. Ihre Hände zitterten.

»Ich habe gerade Charlie Milver gefunden.«

»Gefunden? Wo? Ist er schon mit der Kamera draußen? Er war gestern so betrunken, ich hätte nicht gedacht, dass er schon wieder …«

»Nein. Nicht so gefunden.«

Jim sah sie fragend an.

»Er liegt draußen auf dem kleinen Hügel. Tot.«

»Was?«

»Er liegt halb unter Schnee begraben. Sicherlich schon einige Stunden. Er ist tot. Mausetot.«

Mags wurde schwindlig, und sie setzte sich schwer auf einen der Stühle. Aus den Augenwinkeln sah sie, wie Sam nach seinen Stiefeln griff und Jim schon an der Tür war. Sie schloss die Augen und spürte wenige Sekunden später, wie Miss Clara nach ihren kalten Händen griff.

»Es ist gut. Die beiden sehen nach.«

»Mir ist schlecht.«

Mags versuchte, gleichmäßig und langsam zu atmen. Aber das Bild der weißen Turnschuhe und der blauen Hand ging ihr nicht aus dem Kopf.

»Trink das.«

Ihr wurde ein Glas in die Hand gedrückt, und sie öffnete die Augen.

»Schnaps?«

»Ich glaube, die Männer haben gestern keinen Tropfen Alkohol mehr übrig gelassen. Das ist Wasser.«

Sie trank vorsichtig einen Schluck und dann noch einen.

»Agatha war ganz aufgeregt, ich dachte, wegen des Schnees oder weil sie nicht ins Haus darf, und dann bin ich den Weg zum Schuppen gegangen, und da lag er dann.«

Sie sah Miss Clara an.

»Ich bin mehr oder weniger über ihn gestolpert. Ich glaube, Agatha hat ihn schon vorher gesehen und wollte es mir sagen.«

Als die Tür sich wieder öffnete, brachten Jim und Sam einen Schwall eiskalter Luft mit sich herein. Mags konnte an ihren starren Mienen ablesen, dass sie sich leider nicht geirrt hatte.

»Es stimmt, oder?«

Sam ging zu Mags und zog sie hoch, um sie dann fest zu umarmen. Jim stützte sich auf die Theke und sah mit gerunzelter Stirn zur Küchentür.

»Er muss erfroren sein. Wahrscheinlich ist er gestern betrunken raus in den Schnee. Verrückt.«

»Der Schnee war rot.«

Mags hatte ihren Kopf in Sams Armen vergraben und war kaum zu verstehen. Sie hob ihn an und sah von Sam zu Jim.

»Der Schnee neben seinem Kopf, das war Blut, oder?«

Sam nickte.

»Ja.«

Er sah sie an.

»Ein Unfall. Ein tragischer Unfall. Er hatte viel getrunken. Betrunkene erfrieren so schnell – und sie merken es nicht.«

»Ja. Es scheint so.«

Mags versuchte, die Übelkeit, die immer wieder in ihr aufstieg, zu unterdrücken.«

»Es scheint so?«

Sam sah sie mit zusammengekniffenen Augen an.

»Glaubst du, es war etwas anderes? Hast du etwas gesehen?«

»Gar nichts, überhaupt nichts. Vergiss es. Ich habe das einfach nur so gesagt. Es ist ein Unfall. Er ist betrunken raus, gestürzt und dann erfroren.«

Schweigend saßen sie am Küchentisch.

»Wir müssen die Polizei benachrichtigen. Und dann seine Leute wecken.«

Miss Claras Stimme klang ruhig und gelassen. Der Fels in der Brandung. Mags war froh, sie bei sich zu haben. Jim stimmte ihr zu.

»Die Polizei muss informiert werden. Aber das Festnetz funktioniert noch nicht wieder. Ich kann mit meinem Mobiltelefon auf den Hügel gehen und es von dort aus versuchen. Gestern war das der einzige Ort, von dem aus wir Empfang hatten.«

Mags schaute Jim zweifelnd an. Er hatte im letzten Jahr einigen Ärger mit der Polizei gehabt und war immer noch nicht gut auf die damals zuständige Beamtin zu sprechen. Vielleicht war es nicht die beste Idee, dass gerade er den Anruf tätigte. Und außerdem war es ihr Cottage, ihr Garten, ihr Gast, der dort lag. Sie stand auf.

»Ich mache das. Ich habe ihn gefunden, und ich werde auch die Polizei benachrichtigen.«

»Ich komme mit.«

Sams Stimme hatte den Ton angenommen, bei dem Mags wusste, dass Widerstand zwecklos war. Und sie war auch froh, nicht alleine gehen zu müssen.

Jim nickte.

»Ich wecke die anderen und informiere sie.«

17

»Lass uns bitte nicht den Weg nehmen, wo er liegt.«

Mags war aus der Küchentür getreten und wandte sich nach links. Sie würden an den Ställen vorbei einmal den Garten umrunden und dann am Hügel ankommen. Mags blickte skeptisch auf das Display ihres Mobiltelefons, das immer noch keinen Empfang anzeigte.

»Ich hoffe, dass ich von oben wirklich telefonieren kann.«

Sam stapfte schweigend neben ihr durch den Schnee, und bei jedem Atemzug bildeten sich helle Wolken vor seinem Gesicht.

»Das hoffe ich auch. Sonst müsste wahrscheinlich einer von uns hoch bis zur Straße gehen.«

Er hob eines seiner Hosenbeine, das trotz seiner dicken Stiefel bis über die Knie mit Schnee bedeckt war.

»Und ich glaube, ich habe weder eine Schneehose noch andere sinnvolle Ausrüstung.«

Er rutschte aus. Mags griff ihn im letzten Moment am Arm, und er konnte sich wieder fangen.

»Da ist überall Eis unter dem Schnee. Das habe ich so noch nie gesehen.«

Sam blieb stehen und blickte sich um.

»Es sieht so friedlich aus, als sollten wir gleich in den Garten rennen und eine Schneeballschlacht machen oder einen Schneemann bauen.«

Mags schnaubte, und Sam griff nach ihrer Hand und drückte sie fest.

»Glaubst du, die Polizei wird zu uns durchkommen?«

»Nein. Ehrlich gesagt, glaube ich das nicht. Vielleicht ist der Weg von Truro zur Bundesstraße schon geräumt, wobei ich bezweifle, dass es so viele Räumfahrzeuge hier bei uns gibt.«

»Sicherlich nur eine Handvoll. In Rosehaven gibt es keines, soweit ich weiß. Mr Smith kann vor eines seiner Autos eine Schaufel spannen, das habe ich schon mal gesehen. Ansonsten sorgen die Bauern für freie Wege – oder wir warten einfach, bis es wieder taut.«

»Also vielleicht eine freie Straße in der Mitte, aber dann müssten sie noch ganz nach Rosehaven runter, und die Landstraße zu uns ist nie und nimmer geräumt.«

Sie waren am Hühnerstall angekommen, wo Sam von Agatha mit einem wütenden Zischen begrüßt wurde.

»Sam, magst du den Hühnern Futter geben? Und nach Eiern sehen? Eigentlich wollte ich das machen, aber dann …«

»Ja, natürlich.«

Mags drückte kurz seine Hand und ging dann die letzten Meter den kleinen Hügel hinauf. Ein Blick auf ihr Telefon zeigte ihr, dass sie wirklich Empfang hatte. Fast automatisch suchte sie nach einer vertrauten Nummer, zögerte aber dann und ließ ihre Hand sinken. Sie würde nicht bei Eric Johnson anrufen. Der ehemalige Chief Inspector war im Sommer in den vorzeitigen Ruhestand gegangen, und außerdem auch noch der frisch angetraute Ehemann von Miss Clara.

Aber Eric würde, wenn sie ihn über die Ereignisse informierten, mit allen Mitteln versuchen, so schnell wie möglich aus London herzukommen – egal, wie die Straßen aussähen. Und sie wollte nicht, dass er sich in Gefahr brachte. Besser, sie überließ es Miss Clara, ihn zu informieren, und bestimmt würde auch diese das nicht allzu früh tun.

Also wählte sie schlicht die Notrufnummer und erklärte der ziemlich müde klingenden Frauenstimme am anderen Ende der Leitung, was passiert war.

»Brauchen Sie einen Krankenwagen?«

»Nein. Der Mann ist tot. Schon seit Stunden. Da gibt es keinen Zweifel.«

Mags sah wieder die Hand vor sich, die aus dem Schnee ragte, und schluckte.

»Gut. Also ich meine, es ist gut, dass wir keinen Wagen losschicken müssen. Entschuldigen Sie, hier ist gerade die Hölle los. Im Normalfall müsste ich Ihnen trotzdem einen Wagen schicken, aber die Straßen sind dicht, und alle unsere Einsatzkräfte versuchen irgendwie, zu den schlimmsten Unfällen durchzukommen. Wir haben alle unsere Leute draußen. Es ist chaotisch.«

Mags konnte die Erschöpfung der Frau deutlich hören. Wahrscheinlich hatte auch sie sich ihr Weihnachten anders vorgestellt.

»Ja. Ich verstehe. Was sollen wir denn jetzt tun?«

Mags fand die Vorstellung, den Fotografen einfach so im Garten liegen zu lassen, bis vielleicht irgendwann jemand kam, fürchterlich.

»Warten Sie bitte kurz, Mrs Blake, ich versuche, jemanden zu erreichen, der Ihnen weiterhelfen kann.«

Mags wollte etwas sagen, aber durch den Hörer drang nur eine verzerrte Version von *Jingle Bells* zu ihr. Sie war auf Warteschleife gestellt worden.

Ihr Blick schweifte über den Garten und blieb an etwas Dunklem hängen. Schnell drehte sie sich weg. Mit dem Rücken zum Cottage und zu der Stelle, an der die Umrisse von Charlie Milvers Körper im Schnee zu erkennen waren, blickte sie nun auf die Felder und das kleine Wäldchen, die sich vom Rande ihres Grundstückes bis an die wenige Meilen entfernte Steilküste zogen. Es war zauberhaft. Der Schnee lag dicht und weiß auf allem und glänzte im Sonnenlicht. Sie atmete tief durch. Wie schön wäre es, jetzt in die dicken Stiefel zu schlüpfen und einfach loszulaufen. Einfach loszulaufen und sich lange, lange Zeit nicht umzudrehen.

Ein Knacken war in der Leitung zu hören, das Lied wurde unterbrochen, und sie vernahm ein kurzes Tuten, bevor jemand zu ihr sprach.

»CI Armstrong hier. Man hat mir gerade gesagt, Sie haben eine Leiche gemeldet?«

Mags wäre vor Schreck fast das Mobiltelefon aus der Hand gefallen, und sie unterdrückte in letzter Sekunde einen Fluch.

»Ähm, ja. So ist es.«

»Mrs Blake, richtig? Rosehavens neugierige Gärtnerin.«

Mags schloss die Augen. Unter all den Polizeibeamten, an die sie hätte weitergeleitet werden können, geriet sie an Chief Inspector Phyllis Armstrong.

Sie waren sich im letzten Jahr zum ersten Mal begegnet – und es war Abneigung auf den ersten Blick gewesen. Verdammt.

»Was ist passiert?«

Mags versuchte, ihrer Stimme einen möglichst sachlichen Ton zu geben.

»Der Tote heißt Charles Milver. Er ist ein Fotograf und wollte für das *Country Life Magazin* Fotos von unserem Cottage machen. Er ist zusammen mit seinem Assistenten Brent Oliver und der Redakteurin Diana Tyler angereist. Sie konnten gestern wegen des Wetters nicht abreisen und haben bei uns übernachtet. Er hat gestern Abend sehr viel getrunken. Wir denken, er ist nachts hinausgegangen und gestürzt. Da ist Blut im Schnee, neben seinem Kopf. Er hatte keinen Mantel und nur Turnschuhe an.«

Sie atmete langsam aus, dann wieder ein.

»Soso, ein Unfall, denken Sie?«

Mags knirschte mit den Zähnen. Sie würde sich nicht provozieren lassen. Sie zählte langsam bis fünf.

»Ja, es sieht so aus.«

»Warten Sie.«

Wieder erklang die Melodie von *Jingle Bells*, und Mags versuchte, sich auf die Landschaft vor sich zu konzentrieren. Fast erwartete sie, einen Schneehasen zu sehen. Oder einen weißen Fuchs, der mit kleinen Sprüngen nach unter dem Schnee verborgenen Mäusen suchte. Ein Märchenland. Doch statt eines weißen Schneehasen flogen mehrere Krähen unter lautem Gekrächze aus den Bäumen auf. Schwarze Punkte auf weißer Leinwand. Ihr wurde kalt. Wenn das die Kulisse für ein Märchen war, dann sicherlich für kein gutes.

Nach wenigen Minuten hörte die Musik auf, und sie vernahm wieder die Stimme von CI Armstrong.

»Die Straßen sind zu, mir wurde gerade gesagt, dass ich mit einem normalen Fahrzeug nicht zu Ihnen durchkommen werde. Anscheinend kann auch keines der schweren Fahrzeuge für mich freigestellt werden. Und der Hubschrauber wird ebenfalls woanders gebraucht.«

Mags hatte kurz das Bild vor Augen, wie sich die Polizistin über dem Cottage aus einem Hubschrauber abseilte. Zuzutrauen wäre es ihr.

»Und jetzt?«

»Wo sind Sie gerade?«

»Auf einem Hügel am Ende des Gartens. Das ist der einzige Ort mit etwas Empfang. Das Festnetz und die Stromversorgung sind ausgefallen.«

»Ja, in der ganzen Region. Das Eis hat die Oberleitungen zusammenbrechen lassen. Gehen Sie zurück ins Haus, fassen Sie nichts an. Auch alle anderen Gäste sollen im Haus bleiben, bis wir kommen.«

»Aber der Mann ist gestürzt.«

»Das festzustellen überlassen Sie besser mir. Und der gerichtsmedizinischen Untersuchung.«

Mags seufzte. Sie hätte gerne lauter widersprochen, aber da war diese leise Stimme in ihrem Kopf, die sie davon abhielt.

»CI Armstrong?«

»Ja?«

»Bitte kommen Sie schnell.«

Sie wusste selbst nicht so genau, warum sie das wollte. Aber es war ihr ernst damit. Sie wünschte sich einfach, dass jemand da wäre, der die Verantwortung übernehmen könnte. Sogar, wenn es Armstrong wäre.

»Ich tue mein Bestes. Bleiben Sie im Haus, machen Sie ein Brettspiel, Scharade, was weiß ich. Aber gehen Sie nicht, keiner von Ihnen, hinaus. Das ist eine Anordnung, und wenn Sie dagegen verstoßen, dann wird das Konsequenzen haben.«

»Ja. Verstanden.«

Mags drehte sich um und blickte zu Sam, der den kleinen Hügel heraufkam und neben ihr stehen blieb.

»Eines noch.«

»Was?«

»Ich muss die Leiche zudecken.«

»Sie sollen nichts verändern, verdammt nochmal!«

Mags griff nach Sams Hand.

»Wenn ich es nicht tue, dann werden es die Krähen oder vielleicht sogar ein Fuchs auf jeden Fall tun. Noch hat ihn kein Tier gefunden, aber … Das Blut, der Geruch. Wir sind hier auf dem Land.«

Sie konnte hören, wie CI Armstrong leise fluchte.

»Warten Sie.«

Mags hörte, wie ein Stuhl zurückgeschoben und eine Tür geöffnet wurde.

»Ich will sofort jemanden von der Spurensicherung hier haben, sofort!«

Mags konnte sich vorstellen, wie innerhalb des Büros plötzlich Hektik ausbrach.

Die Polizistin war zurück am Telefon.

»Das kann einen Moment dauern. Also erzählen Sie mir, was seit der Ankunft des Fotografen passiert ist. Und wer alles da ist.«

Mags gab eine Zusammenfassung. Gegen Ende konnte sie hören, wie jemand zu der Inspektorin in den Raum kam.

»Gut, ich reiche Sie jetzt an DC Steele von der Spurensicherung weiter. Er wird Ihnen sagen, was Sie zu tun haben. Verstanden?«

»Mrs Blake? Ich habe Ihre letzten Sätze mitbekommen. Eine Leiche im Schnee? Sie sagen, Sie haben sie noch nicht berührt?«

»Nein. Ich stand vielleicht einen Meter entfernt, aber seine Hand und sein Gesicht … ich war mir sicher, dass ich nicht mehr nach einem Puls suchen musste. Er war gestern Nacht sehr betrunken und muss draußen gestürzt sein.«

»Ja. Verstehe. Und sonst ist niemand an der Leiche gewesen?«

Mags dachte an Agatha und seufzte.

»Eine Gans. Sie ist über ihn hinweggelaufen, denke ich. Ihre Spuren werden zu sehen sein.«

»Eine Gans, warum … Egal. Bis wir da sind, werden der Schnee und der Wind einiges verändert haben. Ich wünschte, ich … Aber gut. Machen Sie Fotos. Können Sie das?«

Mags schluckte.

»Ja. Fotos kann ich machen. Kann ich ihn dann danach zudecken?«

»Nein!«

»Aber die Tiere …«

»Dann müssen sie die Tiere eben verscheuchen.«

»Aber wenn wir im Haus bleiben sollen, dann …«

Sie konnte hören, wie sich die beiden Polizisten kurz stritten, dann kam der Beamte der Spurensicherung wieder ans Telefon.

»Dann decken Sie ihn in aller Herrgottsnamen ab. Aber nicht mit etwas Dunklem, dann schmilzt alles darunter ja noch schneller. Haben Sie vielleicht Folie oder eine helle Plane?«

Mags dachte nach.

»Ja.

»Gut. Decken Sie ihn ab und fotografieren Sie bitte auch das. Machen Sie einfach so viele Bilder wie möglich.«

»Es war ein Unfall, verdammt nochmal. Er ist betrunken rausgegangen und dann gestürzt.«

Der Polizist am anderen Ende der Leitung ließ sich davon nicht beeindrucken.

»Dann werden die Fotos das ja auch zeigen, oder? Versuchen Sie, mir die Fotos zuzuschicken.«

»Das Netz hier ist nicht gerade stabil, aber ich versuche es.«

»Gut.«

Mags hörte, wie er das Telefon wieder an seine Vorgesetzte gab.

»Mrs Blake?«

»Ja.«

»Halten Sie die Füße still, verstanden?«

Mags legte auf.

18

Sam strich ihr über die Arme. Neben ihm stand ein Korb, aus dem mehrere dicke Tücher herausschauten.

»Die Eier?«

»Ja, dreizehn Stück. Ich habe sie gut eingewickelt. Die Hennen waren immens stolz auf ihr Werk.«

Mags lächelte, aber das Lächeln erreichte nicht ihre Augen.

»Wir sollen Fotos machen. Von ihm. Und ich denke, wir sollten ihn danach abdecken. Da sind Krähen auf den Wiesen. Und wenn der Fuchs oder …«

»Soll ich Jim Bescheid sagen?«

Mags schüttelte den Kopf. Sie wollte nicht, dass einer ihrer Gäste diese Aufgabe übernehmen musste.

»Nein. Es geht schon. Ich habe ihn ja schon gesehen. Ich … das schaffe ich.«

Sie sah ihren Mann an.

»Schaffst du es?«

»Ja, ich glaube, es ist so wie auf St. Michael's oder im Watergate Museum. Ich weiß, dass ich einen Schalter umlegen kann, der das Ganze zu einer Art wissenschaftlichen Aufgabe macht.«

Mags zitterte, und das nicht nur vor Kälte. Sowohl auf der kleinen Insel St. Michael's Mount als auch in den modernen Räumen des Watergate Museums waren sie und Sam jeweils auf einen Toten gestoßen. Sie sollte es wie Sam sehen, ausreichend Distanz schaffen. Aber das konnte sie nicht. Sie würde es so schaffen müssen.

»Ich habe im Transporter eine große Folie, mit der ich sonst die Wegplatten schütze. Die können wir, glaube ich, nehmen, um ihn … also seine Leiche abzudecken.«

Mags senkte den Blick.

Schweigend gingen sie zum Transporter, und nach einigen Versuchen schaffte Mags es, das Schloss zu öffnen.

»Alles ist noch von gestern eingefroren.«

Sie zog den Ballen mit der Folie heraus und wies Sam an, einige schwere Holzstücke mitzunehmen, um die Ecken zu beschweren.

Als sie den Weg zum Haus herum gingen, sahen sie, wie sich eine Gestalt über den Leichnam beugte.

»He!«

Diana Tyler richtete sich erschrocken auf.

»Ich konnte es einfach nicht glauben.«

»Nichts anfassen! Wir haben die Polizei benachrichtigt. Es soll nichts angefasst werden.«

Diana wurde noch blasser.

»Die Polizei? Warum das? Was ist denn passiert?«

Mags war neben der Frau angekommen und legte ihr die Hand auf die Schulter.

»So wie es aussieht, hat er gestern zu viel getrunken und ist dann raus in den Schnee. Ich habe ihn heute Morgen gefunden.«

Diana sah von Mags zu Sam.

»Wir sollten ihn reinholen. Er kann doch nicht so einfach hier ...«

»Das dürfen wir nicht. Es tut mir leid.«

»Er soll hier so liegen bleiben? Hier im Garten?«

»Wir decken ihn ab. Und die Polizei wird so schnell kommen, wie es möglich ist. Noch sind die Straßen einfach alle zu.«

»Aber ...«

»Sam und ich kümmern uns darum. Gehen Sie doch zurück ins Cottage, es ist viel zu kalt hier.«

Sie drückte der immer noch hilflos auf die Leiche starrenden Frau den Korb mit Eiern in die Hand. Sie hatte keine Kraft, sich auch noch um die Redakteurin zu kümmern.

»Und bringen Sie die zu Miss Clara. Dort werden Sie auch einen Tee bekommen. Wir müssen jetzt einfach abwarten, ja?«

Mags bemühte sich, Diana zurück ins Haus zu scheuchen, ohne zu ungeduldig zu werden, dann ging sie zurück zu Sam.

»Hat sie etwas verändert?«

Sam nickte.

»Hat sie. Sie hat den Schnee zur Seite geschoben. Sieh.«

Mags wollte nicht erneut einen Blick auf die Leiche werfen, aber wenn sie die Fotos machen wollte, blieb ihr nichts anderes übrig.

»Wir sollten beide Bilder machen, dann haben wir zwei unterschiedliche Blickwinkel, ja?«

Mags kam es unglaublich verwerflich vor, ihr Mobiltelefon zu heben und damit den Toten aufzunehmen. Sie musste sich immer wieder sagen, dass sie es für ihn tat, dafür, dass sie Polizei bestätigen konnte, dass er auf natürlichem Weg zu Tode gekommen war. Aber der Gedanke macht es kaum besser.

Ihr war schlecht, und sie bekam immer schlechter Luft.

Verdammt. Langsam trat sie zurück und versuchte, tief und ruhig zu atmen.

Dann sah sie etwas Rotes auf der Brust des Mannes.

»Was ist das?«

Sie ging etwas näher und beugte sich hinunter.

»Da steckt etwas in der Tasche seines Hemdes.«

Sam trat neben sie und beugte sich vor.

»Ich glaube, das ist ein Stechpalmenzweig.«

Schweigend machten sie die letzten Fotos. Dann zogen sie die helle Plane auseinander, die Mags sonst benutzte, um frisch gesäten Rasen zu schützen. Mit einem großen Schwung breiteten sie die Plane über dem Körper aus und beschwerten sie ringsherum mit den Holzstücken. Ein Leichentuch aus Plastik. Mags schluckte.

»Ist alles okay?«

»Da stimmt etwas nicht, Sam. Warum sollte er mitten in der Nacht betrunken rausgehen? Es war eiskalt, er hatte keine Jacke an. Was wollte er hier?«

Sam sah sie nachdenklich an.

»Mags, als ich das Wohnzimmer verlassen habe, war er nicht nur betrunken, er war sternhagelvoll. Wahrscheinlich wusste er selbst nicht so genau, was er hier wollte.«

Sie starrte mit gerunzelter Stirn auf den Toten unter der Plane.

»Aber …«

»Lass uns zurück ins Haus gehen, wir müssen den anderen sagen, dass sie nicht in den Garten gehen sollen. Und ein Tee wäre jetzt wirklich gut.«

Mags sah sich um und verschlang dann ihre eiskalten Finger mit Sams, die wie immer erstaunlich warm waren.

»Ja. Du hast recht. Hier können wir nichts mehr tun.«

»Vielleicht taut es ja bald, und die Straßen sind wieder frei.«

Mags zeigte auf den Himmel hinter dem Cottage, an dem sich flache, graue Wolken auftürmten.

»Der Wind kommt jetzt aus Nordosten. Kalter Wind. Und das sind Schneewolken. Es gibt eine alte Bauernregel, die sagt, dass das Wetter bis Silvester eisig bleibt, wenn es an Weihnachten schneit.«

Sie sah Sam kurz an, der aber mit der Zeit gelernt hatte, ihr in solchen Dingen nicht zu widersprechen. Sie hatte einfach zu oft recht.

»Bis Mittag wird noch neuer Schnee kommen – und nicht zu wenig.«

19

Mags war froh, den Garten hinter sich zu lassen, und schlüpfte hinter Sam in die warme Küche. Miss Clara stand am Herd und rührte in einem großen Topf, am Tisch saß Brent Oliver, die Augen gerötet, das Gesicht blass. Niemand anderes war zu sehen.

Brent sah aufgewühlt zu Sam und Mags.

»Charlie? Wo ist er?«

Er schluckte.

»Also ich meine, wo ist seine …«

Er brach ab und griff mit zittrigen Händen nach seiner Tasse. Mags nahm dankbar den Tee an, den Miss Clara ihr in einem Becher in die Hand drückte, und setzte sich auch an den Tisch.

»Wir haben ihn zugedeckt, und die Polizei ist informiert. Sobald es geht, werden sie kommen und sich um alles kümmern.«

Sam setzte sich auch, ebenfalls einen Becher in der Hand.

»Wissen Sie, ob er Familie hatte? Die Polizei wird das bald herausfinden, aber sollten wir jemanden benachrichtigen?«

Brent gab ein leises Lachen von sich.

»Nein. Keine Familie. Also zumindest soweit ich weiß. Er machte ja gestern noch lauter Witze darüber, dass Diana und ich zu unseren Eltern fahren wollten. Er sprach davon, Weihnachten alleine zu Hause zu verbringen, anstatt seine Zeit mit einem Haufen dummer Verwandter zu verbringen, die einen sowieso nur mögen, weil sie von der Natur dazu gezwungen werden oder so.«

Er sah Sam an.

»Du warst doch gestern auch noch dabei, oder?«

Sam seufzte und nickte.

»Ja, er erwärmte sich ziemlich für das Thema. Ich habe mich kurz gefragt, was wohl dahinterstecken mochte.«

Mags sah ihn an.

»Und, hast du es rausgefunden?«

Sie wusste, wie gut Sam darin war, anderen Leuten ihre Geschichten aus der Tasche zu ziehen.

»Nein. Aber ich habe es auch nicht versucht. Charles war …«

Er zögerte kurz.

»Er war ausreichend betrunken und dabei aggressiv genug, um sogar mir meine Neugierde auszutreiben. Ehrlich gesagt, bin ich nur so lange dabeigeblieben, weil ich nicht wollte, dass es noch Ärger gibt.«

»Ärger?«

»Na ja, je mehr er getrunken hatte, desto mehr

versuchte er, die anderen zu provozieren. Sie kennen das wahrscheinlich, oder?«

Sam sah Brent an, der nickte.

»So war es immer.«

»Ich dachte, ich passe ein bisschen auf, dass er es nicht bei Jim oder Gulliver schafft. Wobei meine Sorge umsonst war. Gulliver ist kurz nach euch ebenfalls ins Bett gegangen, und an Jim biss er sich die Zähne aus.«

Mags versuchte, sich das vorzustellen. Jim war zwar grundsätzlich ein friedfertiger Mann, aber eigentlich immer für eine heftige Diskussion zu haben.

»Wie hat er denn versucht, Jim zu provozieren?«

Sam wollte gerade antworten, als Mags hinter sich Jims tiefe Stimme hörte.

»Der arme Kerl hat wohl gedacht, er könnte mich aus der Reserve locken, indem er einen dämlichen Kommentar nach dem anderen über Dinge wie Tierrechte, alternative Energien, Abrüstung und Ähnliches vorbrachte. Aber mal ehrlich, auf einem Niveau, das noch weit unter dem lag, was ich im Golden Budgie ab und an zu hören bekomme. Er war wirklich ziemlich betrunken. Es wäre dumm von mir gewesen, auf seine Spielchen einzugehen.«

Mags nickte. Jim konnte man provozieren, indem man andere angriff, er war ein Beschützer, jemand, der seine Stimme erhob, wenn es um andere ging.

In den Fragen, die ihm politisch wichtig waren, bevorzugte er allerdings eher scharfe Argumente. Sie wusste, dass er einige Politiker der neuen Grünen regelmäßig beriet. Gegen plumpe Rhetorik war er ziemlich immun.

»Hat er es bei dir auch ausprobiert?«

Sam rutschte unbehaglich auf seinem Stuhl nach vorne. Mags wunderte sich, was der Fotograf wohl zu ihm gesagt hatte.

»Ja. Aber wer regelmäßig vor einer Horde achtzehnjähriger Studenten gestanden hat, den bringt so schnell nichts aus der Ruhe.«

Er setzte sich auf.

»So, wir sollten Holz reinholen, richtig? Wenn das Haus einmal kalt wird, ist es umso schwerer, es wieder warm …«

Sein Versuch, das Gespräch in eine andere Richtung zu lenken, wurde jäh unterbrochen.

Irgendetwas knallte laut, dann war nichts mehr zu hören. Bis das piepende Geräusch des Rauchmelders die Stille zerriss.

»Feuer!«

20

Jim, der am nächsten an der Tür gesessen hatte, erreichte als Erster die Wohnzimmertür und hielt Mags mit seinem breiten Arm zurück.

»Der Feuerlöscher! Schnell!«

Sam drehte sich um und rannte zurück in die Küche. Mags sprintete die Treppe hinauf, wo auf dem Flur ebenfalls ein Löscher stand.

»Alle raus! Sofort!«

Mags wartete nicht, ob jemand antwortete, sondern rannte die Treppe hinunter, den schweren Löscher in der Hand. Sam war schon im Zimmer, Jim stand an der Tür und griff nach dem Löscher.

»Mags, lass Jim das machen!«

Miss Clara trat hinter sie und zog sie am Arm. Jim war seit Jahren Mitglied von Rosehavens freiwilliger Feuerwehr. Sie drückte ihm den Löscher in die Hand. Er wusste zwar wirklich, was er tat, aber es war doch ihr Haus! Sam bog mit dem zweiten Löscher um die Ecke.

»Raus hier! Alle!«

Miss Clara zog sie weiter, bis Mags nachgab und ihr aus der Haustür auf den Hof folgte.

»Sollten wir nicht die Feuerwehr rufen?«

Brent Oliver stand zitternd in seinem dünnen schwarzen Pullover neben Mags und sah ängstlich aufs Haus.

Mags schüttelte den Kopf.

»Wenn Jim und Sam noch drinnen sind, dann weil sie das Feuer löschen können. Sonst wären sie schon längst bei uns.«

Sie wusste, dass sie sich damit auch selbst zu beruhigen versuchte. Außerdem – wie sollte die Feuerwehr bei diesem Wetter überhaupt zu ihnen kommen? Schon unter normalen Bedingungen wäre ein Löschzug nicht schneller als in fünfzehn Minuten bei ihnen. Bis dahin konnte ein Haus schon lichterloh brennen. Aber das war eben auch der Grund, warum sie und Sam auf beiden Stockwerken große Feuerlöscher aufgestellt hatten. Jetzt war vor allem wichtig, dass niemand mehr im Haus war. Wo blieben sie alle denn bloß? Langsam zählte sie die Sekunden.

Als sie bei zwanzig angekommen war, rannten Gulliver und die Redakteurin endlich aus der Haustür, beide mit vor Schreck geweiteten Augen.

»Was zum Teufel ist passiert?«

Gulliver sah erst Mags an und dann zum Haus zurück. Er trug einen dunkelblauen Morgenmantel über einem weinroten Seidenschlafanzug. Sein sonst so sorgfältig gekämmtes Haar stand in alle Richtungen ab, und sein Gesicht war grau, die

Augen waren gerötet und von dunklen Ringen unterlegt. Mags hatte ihren Freund noch nie so außer Fassung gesehen wie in diesem Augenblick. Er, der sonst so darauf bedacht war, stets die Ruhe zu bewahren, zitterte und biss sich nervös auf die Unterlippe.

Bevor Mags etwas antworten konnte, kam Sam hinter ihnen heraus und hob beruhigend die Hände.

»Alles gut! Es ist okay. Das Feuer ist aus. Es hat nicht viel gebrannt.«

Mags stiegen vor Erleichterung die Tränen in die Augen.

»Jim öffnet gerade alle Fenster und Türen, wir sollten noch kurz draußen bleiben.«

»Was hat denn bloß so geknallt?«

Mags sah, dass Sams Hände zitterten, und rasch trat sie zu ihm.

»Irgendetwas muss im Kamin explodiert sein. Die Strümpfe und die Deko haben Feuer gefangen. Zum Glück waren wir schnell.«

Mags schloss dankbar die Augen.

Als sie wenig später in das immer noch nach Rauch und Löschschaum riechende Wohnzimmer trat, konnte sie ihre Tränen nicht mehr zurückhalten. Dort, wo noch am Abend zuvor die von Miss Clara so wunderschön bestickten Strümpfe gehangen hatten, waren jetzt nur noch der angekohlte

Kaminsims und die Überreste der Weihnachtsgirlande zu sehen. Zum Glück war der Kaminsims aus einem alten Stück schwarzen Eichenholzes gefertigt, das nichts so leicht zum Brennen bringen konnte. Aber die Strümpfe und die Deko hatte es erwischt.

»Was in aller Welt ist da passiert?«

Sam war an den Kamin getreten und blickte auf die Überreste des Feuers. Dann griff er nach dem Schürhaken und schob etwas zur Seite.

»Ich denke, das hier ist passiert.«

Mags kam näher, um sich anzusehen, was Sam gefunden hatte.

Vor ihr, zwischen den verkohlten Holzstücken und von Löschschaum bedeckt, lagen die Überreste eines Mobiltelefons.

21

»Wie in aller Welt ist das Telefon ins Feuer geraten?«

Alle bis auf Gulliver, der sich erst einmal anziehen wollte, hatten sich am Küchentisch versammelt und hielten ihre Tassen mit Tee oder Kaffee fest umklammert.

Brent Oliver stellte seine Tasse als Erster ab.

»Vielleicht lag das Telefon auf dem Kaminsims? Und ist runtergefallen?«

Allen am Tisch war klar, dass das eigentlich nicht möglich war. Feuer und Kaminsims trennten mehr als ein halber Meter. Um ins Feuer zu fallen, hätte das Telefon schräg nach hinten fliegen müssen.

Mags sprach die Frage aus, die ihr seit einigen Minuten im Kopf herumging.

»Wessen Telefon war es eigentlich?«

Nicht, dass sie die Antwort nicht schon ahnte.

Auf dem kleinen Hügel hinter dem Garten hatte sich seit ihrem ersten Anruf nicht viel verändert. Zu ihren eigenen Fußspuren und denen von Sam hatten sich noch die einiger Vögel gesellt und dazu ein paar Abdrücke, die Mags für die eines Fuchses hielt.

Sie sah den Spuren hinterher und fluchte, als sie sah, dass sie bis zum Hühnerstall hinunter führten. Sie würde nachsehen müssen, ob der Zaun noch überall intakt war. Ein Fuchs mit Hunger konnte in einem Hühnerstall ein wahres Blutbad anrichten.

Nach einem letzten Blick auf das Cottage drückte sie Taste für die Wahlwiederholung.

»Hallo. CI Armstrong?«

»Mrs Blake? Die Verbindung ist schlecht.«

»Ja. Es hat sich leider etwas geändert.«

»Was?«

»Das Mobiltelefon von Charlie Milver ist heute Vormittag im Kaminfeuer explodiert.«

Mags hatte nicht lange überlegt und war, nachdem sie Sam leise informiert hatte, aus der vollen Küche geschlüpft und stand wieder auf dem Hügel hinter dem Garten. Die anderen waren von Miss Clara, die das Küchenzepter trotz Mags' Widerworte innerhalb von Sekunden in die Hand genommen hatte, mit noch mehr Tee und Keksen versorgt worden.

»Wiederholen Sie das bitte.«

»Heute Vormittag, vielleicht dreißig Minuten nach meinem ersten Anruf bei Ihnen, hat es im Wohnzimmer, in dem Mr Milver und sein Assistent auch die letzte Nacht geschlafen hatten, einen lauten Knall gegeben. Als wir ins leere Zimmer eilten, brannten die am Kaminsims aufgehängten Socken und die Girlande lichterloh. Wir konnten den Brand schnell löschen. Aber so wie es aussieht, ist ein Mobiltelefon in das Kaminfeuer gefallen und dort explodiert. Die Stichflamme hat dann auch die Umgebung des Kamins entzündet. Niemand wurde verletzt. Im Kamin fanden wir die verkohlten Überreste eines Mobiltelefons. Da niemand seines vermisst, gehen wir davon aus, dass es Charlie Milver gehört hat.«

Das Schweigen am anderen Ende der Leitung dauerte nun beträchtlich länger.

»CI Armstrong?«

»Gefallen?«

Mags wusste, dass sie nur versuchte, der unvermeidlichen Wahrheit aus dem Weg zu gehen. Verdammt.

»Niemand war im Zimmer, als es passierte.«

»Mrs Blake, wollen Sie ernsthaft …«

»Nein. Natürlich nicht. Ich gehe davon aus, dass jemand das Mobiltelefon ins Feuer geworfen hat.«

Nun war es raus. Jemand hatte das bewusst getan. Einer von den Menschen, mit denen sie gerade noch am Küchentisch gesessen und Weihnachten gefeiert hatte. Mags konnte hören, dass Armstrong etwas in ihren Computer tippte.

»Wollen Sie nachschauen, wie lange es dauert, bis ein Handy im Feuer explodiert?«

»Ja. Genau das tue ich gerade.«

»Habe ich auch schon. Laut Google dauert es je nach Modell und Art des Feuers um die fünf Minuten. Nicht jeder Akku soll allerdings gleich so explodieren. Der hier hat es aber anscheinend getan.«

»Wer hätte die Gelegenheit gehabt, das Telefon ins Feuer zu werfen?«

Mags schloss die Augen. Sie wollte nicht antworten, aber sie wusste, das kein Weg daran vorbeiführte.

»Ich habe keine Ahnung.«

»Mrs Blake!«

»Ja, ja, ich weiß.«

Leise beantwortete sie CI Armstrongs Frage – und ihr schien, als wäre ihr noch nie eine Antwort so schwer gefallen.

22

Nach dem Gespräch mit CI Armstrong fühlte Mags sich elend und müde. Die Frage, die die Inspektorin in ihrem scharfen Ton gestellt hatte, ging ihr nicht mehr aus dem Kopf.

»Wer hätte das Mobiltelefon ins Feuer werfen können?«

Die Antwort war einfach – zu einfach. Alle hätten die Gelegenheit gehabt, das Telefon in den Kamin zu werfen. Alle bis auf sie selbst und Sam, die bis zu dem Knall die ganze Zeit zusammen gewesen waren.

Die Frage, wem Mags zutraute, das Telefon ins Feuer zu werfen, oder die Frage nach dem verdammten Warum, war um einiges komplizierter.

Miss Clara schied aus. Punkt. Jim ebenfalls. Mags schluckte. Zumindest fiel ihr kein einziger Grund ein, warum er so etwas hätte tun sollen. Und er würde nie einen Brand riskieren.

Es wäre so einfach, auch Gulliver mit auf die Liste derer zu setzen, denen sie bedingungslos vertraute. Aber seit gestern war ihr Freund nur noch ein Schatten seiner selbst, und sie war sich sehr sicher, dass er Charlie Milver trotz seiner gegenteiligen

Behauptung gekannt hatte. Sie wünschte, sie wäre niemals auf Cynthias Vorschlag eingegangen, das Team des Fotografen in ihr Cottage einzuladen.

Brent Oliver und Diana Tyler konnte Mags nicht einschätzen. Sollte einer von ihnen das Telefon zerstört haben, aus was für einem Grund auch immer? Hatte der- oder diejenige gewusst, dass der Akku explodieren würde? Und es damit in Kauf genommen, möglicherweise auch andere zu verletzen? Wollte vielleicht sogar jemand einen Brand auslösen? Mags wurde immer noch schlecht bei dem Gedanken daran, wie schnell das Ganze auch zu einer Katastrophe hätte werden können.

Natürlich hatte die Polizistin ihr gesagt, dass alle Anwesenden im Haus und am besten auf ihren Zimmern bleiben sollten, bis die Polizei da wäre. Leicht gesagt, aber zum einen hatte Mags keinerlei Möglichkeit, irgendjemanden dazu zu zwingen, der Aufforderung zu folgen, noch fand sie es sinnvoll.

Verärgert blickte sie auf das Telefon in ihrer Hand, als sie bemerkte, dass hinter ihr jemand mit einem festen Ruck an ihrem Jackensaum zog.

Mags fuhr erschrocken herum, nur um in das vorwurfsvoll zur Seite geneigte Gesicht ihrer Gans zu blicken.

»Agatha!«

Das Tier zog erneut mit dem Schnabel an Mags' Jacke.

»Ich habe jetzt keine Zeit für dich.«

Mags wollte sich umdrehen, bis ihr auffiel, wo das eigentliche Problem lag.

»Wie bist du überhaupt schon wieder aus deinem Gehege gekommen? Hier draußen gibt es Füchse! Wie oft soll ich das denn noch erklären? Du solltest besser im Gehege bleiben, solange keiner von uns bei dir ist.«

Mags wusste, dass sie, wenn sie Agatha behalten wollte – und das wollte sie – bald nach einer zweiten Gans oder einem Ganter für sie suchen müsste. Zu zweit wären die Gänse glücklicher und auch sicherer.

»Na, dann komm, du Unruhestifterin. Gehen wir mal nachsehen, wie du rausgekommen bist. Und dann überprüfe ich, ob die Hühnerdamen sicher in ihrem Stall sind.«

Am Stall blieb Mags ratlos stehen.

»Ich verstehe das einfach nicht. Wie hast du das gemacht?«

Mags sah von ihrer Gans zu dem noch verriegelten Gehege und ließ dann ihren Blick über den Maschendraht gleiten. Keine Lücke zu sehen.

Sie ging in die Knie und war dann fast auf der gleichen Höhe wie Agatha, die ihr mit dem Schnabel die Mütze vom Kopf zog.

»He!«

Mags sah sich um, dann wieder zu der Gans.

»Wo ist der Trick? Wie kommst du hier raus?«

Aber die Gans wühlte nur mit dem Schnabel in Mags' Haaren und schnarrte dabei leise vor sich hin.

»Du willst dein Geheimnis also nicht mit mir teilen. Dann sehe ich jetzt nach deinen Nachbarinnen. Und du bleibst hier drin!«

Mags sperrte Agatha ein und öffnete die Tür zum Hühnerstall. Sie atmete erleichtert auf, als sie mit schnellem Blick alle acht Damen im Raum verteilt sah. Keine Federn, kein Blut. Wahrscheinlich war der Fuchs nur um den Stall herumgeschlichen. Sorgfältig ging sie die Wände ab und suchte nach Lücken und Durchlässen, die groß genug für einen Fuchs wären. Sie fand keine.

Gerade, als sie den Stall verlassen wollte, hörte sie Schritte und eine leise Stimme, die ihr aus Richtung ihres Cottages entgegendrang. Schnell zog sie die Tür wieder zu und lauschte.

»Ich denke, es hat sich erledigt. Er ist tot.«

Mags erstarrte.

»Nein, keiner. Ja, ich weiß. Nein. Nicht, solange ich es verhindern kann.«

Sie schob die Tür einen Spaltbreit auf, um etwas sehen zu können.

»Ich weiß, was meine Pflicht ist. Das weiß ich seit vielen, vielen Jahren.«

Sie erkannte die Stimme.

»Nein. Das denke ich nicht. Gut. Goodbye.«

Und als Mags vorsichtig durch den Spalt herauslugte, erkannte sie auch den Rücken, zu dem die Stimme gehörte.

23

Mags musste mit Sam sprechen. Sie konnte nicht glauben, was sie gehört hatte, und merkte, wie sie vor Angst zitterte. Was war bloß los? Wo war ihr weißes Winterwunderland geblieben? Sie konnte nicht glauben, dass sie vor wenigen Stunden noch summend durch ihren schneebedeckten Garten gegangen war.

Sicherlich war Sam in seinem Arbeitszimmer und hatte sich in seinen Büchern vergraben. Doch als sie an seine Tür trat, hörte sie seine Stimme und blieb stehen.

»Das geht nicht. Wirklich nicht. Ich kann sie nicht so hintergehen.«

»Aber es ist doch nur das eine Mal. Sie kennen mich doch von früher. Das macht es doch einfacher, oder?«

»Nein! Das geht nicht. Ich würde es tun, aber es gibt Regeln, und ich habe Ja gesagt, und dann muss ich mich auch daran halten.«

»Sam, bitte. Ich würde wirklich …«

Mags stieß die Tür auf und trat ins Zimmer. Sam saß an seinem Schreibtisch, und neben ihm stand Diana Tyler und sah sie mit großen Augen an. Sie konnte gerade noch sehen, dass Sam etwas in die oberste Schublade seinen Tisches schob.

»Mags, komm rein. Ich habe Diana gerade etwas über meine Arbeit erzählt. Aber wir sind jetzt fertig.«

Kurz sah Diana so aus, als wäre sie anderer Meinung, dann lächelte sie und legte Sam kurz eine Hand auf die Schulter.

»Ja, ich denke, ich habe einiges gelernt. Danke schön.«

Sam nickte und schien die Berührung gar nicht zu merken. Mags fühlte sich noch elender als zuvor.

»Ich ... ich wollte nur Bescheid sagen, dass Jim und Miss Clara etwas zu essen bereitgestellt haben.«

Und ohne auf eine Antwort von einem der beiden zu warten, drehte sie sich um und ging davon.

Miss Clara hatte die Suppe vom Vorabend auf dem Holzofen erwärmt, und dazu gab es dicke Scheiben Brot und eine Pfanne mit Rührei.

»Eine Stärkung, bis wir heute Abend dann das richtige Weihnachtsessen genießen können.«

»Wollen wir wirklich ...«

Miss Clara unterbrach Mags und sah in die Runde.

»Ja, wir wollen! Ich betrauere den Toten, versteht mich nicht falsch. Aber ich für meinen Teil habe in diesem Jahr so viel erlebt, so viel durchlebt und erfahren … Die schlimmsten und die schönsten Tage meines Lebens lagen nur ein Augenzwinkern voneinander entfernt. Ich will Weihnachten feiern, mich des Lebens freuen, mit meinen alten Freunden und mit neuen Freunden essen und lachen. Also werde ich gleich das letzte der dicken Hühner, die Gulliver mitgebracht hat, zubereiten und auf den Herd stellen. Ich werde einen, wenn auch den Umständen geschuldet, etwas vereinfachten Plumpudding zubereiten. Und ich brauche eure Hände, die mich dabei unterstützen.«

Sie sah jedem am Tisch kurz in die Augen und nickte dann resolut.

»Gut. Dann esst eure Suppe, atmet noch mal durch und krempelt die Ärmel hoch.«

Die Ansprache von Miss Clara schien gewirkt zu haben. Mags hatte das schon oft erlebt. Dafür war ihre Freundin wie gemacht. Die Leute zu mobilisieren, zu motivieren, sie zusammenzuhalten. Sei es im Dorf, bei den Einsätzen der Bürgerwehr oder eben bei einem Haufen müder und überreizter Menschen in einem Cottage, in dessen Garten eine Leiche lag.

Brent erklärte mit leuchtenden Augen, dass er gerne beim Kochen helfen würde, Sam und Jim wurden abkommandiert, das Wohnzimmer aufzuräumen und so viele Spuren des Feuers wie möglich zu beseitigen. Diana sagte, sie wolle ihren Artikel schreiben, solange ihre Notizen noch frisch waren. Mags sah Gulliver an, der ungewohnt still am Tisch gesessen hatte und dessen Augen von dunklen Ringen umschattet waren.

»Gulliver? Wollen wir vielleicht zusammen den großen Tisch noch mal aufbauen und schmücken? Ich …«

Aber Gulliver schüttelte den Kopf und sah an ihr vorbei aus dem Fenster.

»Nein, ich glaube, ich habe gestern doch ein Glas zu viel getrunken. Ich lege mich hin. Du schaffst das auch alleine, oder?«

Noch bevor Mags etwas sagen konnte, war er aufgestanden, und sie blickte ihm nachdenklich hinterher.

Was in aller Welt war bloß los?

Miss Clara ließ Mags keine Zeit zum Grübeln, sondern schickte sie vor dem Tischdecken erst einmal zum Holzschuppen, um Nachschub für den alten Küchenherd zu holen.

Während Mags die dicken Holzscheite in mehrere Körbe verteilte, fluchte sie wütend vor sich hin.

»Füße still halten hat CI Armstrong gesagt. Pah! Die hat gut reden. Ich habe einen toten Fotografen in meinem Garten, einen Freund, der geheimnisvolle Telefonate führt, einen Mann, der mit einer seiner ehemaligen Studentinnen hinter geschlossenen Türen über Regeln spricht. Mein Haus ist fast in die Luft gejagt worden, meine Weihnachtsstrümpfe sind verbrannt.«

Mit jedem neu hervorgebrachten Punkt merkte Mags, wie ihre Wut größer wurde. Sie griff nach der kleinen Axt, um Anmachholz zu spalten.

»Das Einzige, was ich wollte, war ein friedliches Weihnachtsfest. Mir meinem Mann und meinen Freunden.«

Zack. Die Axt traf den Holzscheit.

»Friedlich.«

Zack. Die Axt traf erneut.

»Besinnlich.«

Zack. Ein Treffer.

»Heimelig!«

Zack.

»Ruhig.«

Zack.

Wütend warf Mags die Axt gegen die Wand. Wo sie zu ihrem Erstaunen auch stecken blieb.

Nicht schlecht.

Sie holte Luft und griff nach einem der Körbe.

Die Füße still halten.

Pah!

24

Im Wohnzimmer war der Kamin mittlerweile gefegt und die Wand davor grob vom Ruß befreit. Von Sam oder Jim war keine Spur zu sehen, und so machte Mags sich daran, das Holz aufzuschichten und zu entzünden.

Als das getan war, sah sie sich um. In der Ecke neben dem Sofa, stand der silberne kleine Rollkoffer, mit dem Charlie Milver aus dem Auto gestiegen war. Seine Jacke und die Tasche mit dem Fotoapparat und den Objektiven lagen ordentlich daneben.

Wenn sie rausfinden wollte, was hier los war, sollte sie versuchen, erst einmal mehr über Charlie herauszufinden. Sie könnte ihren Freund Bob Connor, der Journalist bei der *Cornwall Gazette* war, anrufen. Aber zuerst könnte sie auch einfach die Sachen des Fotografen durchsuchen. Sie zögerte kurz. Dann dachte sie wieder an die Aufforderung von Phyllis Armstrong, doch besser die Füße still zu halten und Scharade zu spielen. Erneut brodelte Wut in ihr auf.

Mags kniete sich hin und öffnete den Koffer.

Doch sie fand nichts, was ihr auffällig erschien. So kam sie nicht weiter.

Sie seufzte und richtete sich auf. In Büchern wäre das die Stelle, wo der Held irgendeinen Hinweis finden würde, eine Spur, irgendetwas, das Licht ins Dunkel bringen würde. Im echten Leben hatte sie Kleidung, Unterwäsche, einen ungelesenen Thriller eines amerikanischen Autors, den sie nicht kannte, und eine Kulturtasche gefunden, die neben Zahnbürste und dem üblichen Krimskrams nur noch eine bunte Auswahl an Tabletten enthielt. Da Milver jedoch am Tag zuvor durch den Zoll von Heathrow hatte gehen müssen, vermutete sie, dass die Tabletten nicht illegal waren.

Sie schloss den Koffer wieder sorgfältig und setzte sich auf.

Und jetzt? Anscheinend war Milver ohne persönliche Gegenstände auf Reisen gegangen. Aber konnte das wirklich sein? Wo waren seine Papiere?

Mags sah sich erneut um und schlug sich dann mit der Hand gegen den Kopf.

Die Fototasche, natürlich! Bestimmt würde er sie bei einem Flug nicht aufgeben, sondern sie immer bei sich tragen. Durch Bob hatte sie eine Idee davon, was eine Kamera kostete. Und nach kurzem Suchen zog Mags eine Mappe mit Milvers Reisepass, seinen Kreditkarten und einem in schwarzes Leder gebundenen kleinen Heft hervor. Das Heft war etwa handgroß, und auf dem Einband stand in silbernen Buchstaben *C. M*... Charles Milver.

Aufgeregt schlug sie die erste Seite auf. Sie starrte sie verwirrt an, dann blätterte sie weiter. Im ganzen Buch wimmelte es von Abkürzungen. Dicht an dicht hatte Charlie Milver die Seiten in einer fein säuberlichen Handschrift bedeckt.

Sie schlug wahllos eine Seite auf und las die Zeilen darauf.

N. T.
Affäre mit G. D.
Nutzen: Kontakt Steuer
Haus Süden, Geld

S. T.
Bruder, Kontakt mit Drogen
Nutzen: Auftrag VF
Geld

Und so ging es weiter und weiter. Mags überlegte kurz und blätterte dann zur letzten Seite, die erst zur Hälfte mit dünnem Bleistift beschrieben war.

M. B.
Mutter?
Young?
Nutzen:

S. H.
Oxford?
Nutzen:

Das Arschloch hatte sich gut vorbereitet für seinen Besuch bei ihnen. Mags blätterte immer weiter zurück, bis sie an einem der Einträge hängenblieb.

B. O.
Zeugnis gefälscht
Nutzen:
Kein Geld
Einsetzen!

Dann einige Seiten vorher:

D. T.
Fotos
Nutzen:
Geld
Familie/Kontakte

Es war ziemlich offensichtlich, worum es bei den Einträgen ging, und Mags lief es kalt den Rücken herunter. Langsam las sie Seite für Seite durch. Das Buch hatte über hundert Einträge. Sie konnte es nicht glauben. Und dann fand sie das, was sie befürchtet hatte.

C. C. G.
Todesfall Bar
Herkunft!
Nutzen
Geld
Schlagzeile!?

Sie blickte konzentriert auf die Worte, als sie hinter sich ein Räuspern hörte, und erstarrte.

»Ich sehe, du hast rausgefunden, womit sich unser Freund Charlie so die Zeit vertrieben hat, oder?«

Langsam drehte sie sich um.

»Ja, ich denke schon.«

Gulliver seufzte.

»Das habe ich befürchtet. Du bist eben schlau, meine liebe Mags. Einfach schlau.«

25

Mags stand auf und musterte Gulliver, der – wie immer tadellos in einen dunklen Tweedanzug gekleidet – vor ihr stand.

»Was soll das Ganze?«

»Oh Mags, wenn ich das wüsste.«

Er hob seine Hände und sah sie an.

»Was hattest du mit Milver zu tun? Hast du ihn ...«

Gulliver zuckte zusammen.

»Ob ich ihn getötet habe?«

Er setzte sich auf die Lehne des Sofas und sah plötzlich um Jahre älter aus als sonst. Seine Stimme war rau und leise.

»Ich befürchte, die Frage habe ich verdient, oder? Auch, wenn es mich schmerzt, dass du mir so etwas zutraust.«

Mags hob das schwarze Buch an und sah Gulliver in die Augen.

»Der Mann war ein Erpresser, oder? Und als er zur Tür reinkam, hast du ihn erkannt. Und er dich, ich habe es an seinem Lächeln gesehen.«

»Das ist eine sehr, sehr lange Geschichte, Mags. Aber um auf deine Frage zurückzukommen ...«

Er stand auf und griff nach ihren Händen, das Buch ignorierend, das sie noch immer festhielt.

»Nein. Ich habe ihn nicht getötet.«

Er ließ Mags' Hände los und trat ans Fenster.

»Ich würde dir gerne meine Geschichte erzählen. Aber vielleicht an einem Ort, an dem nicht so viele Ohren sie hören könnten.«

Mags sah ihren Freund lange an. Das letzte Mal, dass sie jemandem vertraut hatte, dass sie mit jemandem mitgegangen war, hätte sie beinahe ihr Leben gekostet. Aber das vor ihr war Gulliver, ihr Gulliver, mit dem sie Stunden zusammen verbracht und gelacht hatte, der sie mit Espresso aus seiner riesigen Maschine verwöhnte, dessen Auto sie fahren durfte und dessen Liebe und Leidenschaft für Gärten sie teilte.

»Lass uns an die frische Luft gehen. Und dann erzählst du mir deine Geschichte.«

Die Luft war etwas wärmer geworden, aber Mags wusste, dass das wahrscheinlich nur noch mehr Schnee bedeutete. Jim hatte vorhin das Küchenradio mit Batterien bestückt, und der Wetterbericht verhieß nichts Gutes. Die Polizei warnte immer noch davor, die Straßen zu benutzen, und die Rettungskräfte hatten über Nacht mit allen Mitteln versucht, zumindest die auf der M40 gestrandeten Autofahrer in Sicherheit zu bringen oder sie mit Benzin, Essen und Decken zu versorgen.

Immerhin hatte es bis jetzt wohl noch keinen Toten geben. Sie sah erschrocken zu der Plane, die immer noch die Leiche von Charles Milver bedeckte. Ein Opfer gab es sehr wohl, nur ob es durch das Wetter zu Tode gekommen war, oder vielleicht doch durch etwas – oder vielmehr jemand – anderes, war ihr immer noch nicht klar.

Mags und Gulliver hatten sich ihre dicken Mäntel angezogen und stapften durch den Schnee. Ohne sich abzusprechen, schlugen die den Weg ums Haus herum ein, weg vom Garten. Weg von der Leiche.

»Wir sollten nicht allzu weit gehen. Die anderen suchen sonst nach uns.«

Gulliver nickte.

»Bis zu den Pappeln?«

Die Pappeln standen am Zufahrtsweg zum Haus. So blieben sie in Sichtweite, konnten aber auch jeden sehen, der sich ihnen näherte.

Mags sah Gulliver von der Seite an.

»Woher kanntest du Charlie Milver?«

Er zögerte kurz, aber als er dann zu sprechen anfing, hörte Mags mit immer größer werdenden Augen zu.

»Das Ganze fing in London an, Anfang der Neunziger. Er war ein junger Fotograf, der seine Bilder an einige der schlimmsten Klatschzeitungen verkaufte. Du musst verstehen, er war einer von vielen, die überall lauerten.«

»Ein Paparazzo.«

»Ja. Genau. Es war noch vor dem Tod von Lady Diana, und die Fotografen waren völlig außer Kontrolle und taten alles, um an ihre Bilder zu kommen. Und da ich damals immer für eine Schlagzeile gut war, standen sie auch oft vor meiner Tür.«

»Und Charlie Milver auch?«

»Er war einer von ihnen, ja. Er hatte sich wohl auf mich fixiert. Auch, wenn ich damals anders aufgetreten bin, hielt ich mein Privatleben schon damals unter Verschluss. Ein Foto von mir ohne Brille oder Hut – es hätte ihm eine Menge Geld eingebracht. Ich wollte aber damals schon nicht, dass mich die Leute überall erkannten. Der extravagante Kleidungsstil, den ich als C. C. Gull hatte, half mir sehr dabei. Ich konnte meine Rolle einfach ablegen wie einen Mantel und unerkannt in jedem Supermarkt einkaufen gehen. C. C. Gull hatte ein modernes Haus, da lebte ich vorgeblich. Aber eigentlich waren es vor allem die Geschäftsräume meiner Firma und der Ort, an dem ich neue Kunden beeindrucken wollte. Was meistens klappte. Ich selbst lebte aber zu meinem geheimen Vergnügen ein Haus weiter. Das schlichte

Haus neben meinen offiziellen Räumen war mein kleines Geheimnis, verbunden durch eine Pforte in der Gartenmauer, wie in einem Film. So konnte ich ungesehen wieder in mein Alltagsich schlüpfen und als der respektable Mr Gulliver auftreten, als den du mich auch kennengelernt hast.«

Mags konnte sich das kaum vorstellen.

»Hat es dich nicht verrückt gemacht, so mit zwei Identitäten durch die Gegend zu laufen?«

»Ja. Aber aus vielen Gründen war ich das schon von klein auf gewohnt. Meine Familie …«

Gulliver brach ab.

»Aber es war nun mal, wie es war. Ich trat als C. C. Gull auf, feierte in den Clubs, sorgte für gute Schlagzeilen, warf ab und an wütend etwas durch die Gegend oder ließ mich mit dem ein oder anderen Star sehen. Die Aufträge stapelten sich nur so auf meinen Schreibtisch. Es gab eine Zeit, in der es zum guten Ton gehörte, einen Garten von C. C. Gull zu haben.«

Er sah Mags an.

»Aber es ging nicht nur um das Geld. Ich hatte aus guten Gründen so viele Jahre lang immer dafür gesorgt, nicht auszufallen, nicht anzuecken, alles richtig zu machen und das Leben, das ich als C. C. Gull führen konnte, auch wahnsinnig zu genießen. Da wo Gulliver vorsichtig war, war C. C. Gull leichtsinnig. Wo Gulliver das zweite Glas lieber stehen ließ, trank C.C. Gull ein drittes oder viertes. Und C.C. Gull traute sich so viele Dinge – es war ein aufregendes Leben.«

Wehmut legte sich über sein Gesicht, und vielleicht auch so etwas wie Trauer.

»Bis eines Tages eine meiner Partys in einem Hotel aus dem Ruder lief. Ich schwöre, ich hatte nichts damit zu tun, aber ich war dabei, und ich hätte es kommen sehen müssen. Doch ich habe nichts getan, um es zu verhindern.«

Gulliver sah Mags an.

»Ein junger Mann starb an einem Cocktail aus Drogen und Alkohol. Es war fürchterlich. Ich konnte mich davonschleichen, einfach, indem ich mich von C.C. Gull in Gulliver verwandelte und an den Paparazzi vorbei das Hotel verließ. Die Polizei traf mich dann wenig später in meinem Haus an, wo ich seit Stunden gewesen sein musste. Denn schließlich hatte mich niemand kommen sehen. Ich war durch die Pforte im Garten gelangt und von dort ins Haus.«

Gulliver schüttelte den Kopf.

»Aber Charlie Milver hatte mich und die anderen Gäste fotografiert, wie wir in das Hotel betreten hatte. Als ich dann aber nicht wieder herauskam und in keinem der offiziellen Berichte auftauchte, wurde er misstrauisch. Also belagerte er mein Haus. Und irgendwie kam er hinter die Geschichte mit meiner zweiten Identität. Ich glaube, er war einfach schon damals ein guter Beobachter, er hat mich an meinem Gang oder an was auch immer erkannt. Er sprach mich an. Bot mir an, gegen eine Zahlung einer großen Summe zu schweigen. Oder er würde zur Polizei zu gehen und sie auf mein merkwürdiges Verhalten und den zweiten Zugang zum Haus hinweisen.«

»Erpressung.«

»Ja.«

»Du hast gezahlt?«

»Ja. Aber mir war auch klar, dass er es wieder versuchen würde. Warum nach einer Zahlung aufhören, wenn es funktioniert hat?«

»Und dann?«

Gullivers Stimme wurde unsicher.

»Mags, das darf nicht bekannt werden. Ich will das nicht, und noch immer wären andere Menschen davon betroffen.«

Sie nickte.

»Also gut. Ich rief nach langem Zögern meine Familie an, das erste Mal seit vielen Jahren. Ich bat sie um Hilfe – und sie regelten es für mich.«

Mags sah Gulliver verwirrt an.

»Regelten es?«

»Sie ließen Charlie Milver wissen, dass er es sehr bereuen würde, wenn er noch einmal an mich heranträte.«

»Regelten es? Ließen ihn wissen? Gulliver, was

soll das alles heißen? Wer ist deine Familie, die englische Mafia?«

Jetzt lachte er, laut und befreit.

»Oh, das ist wirklich gut. Und wahrscheinlich gar nicht mal so falsch. Nein. Nicht die Mafia. Schlimmer.«

Nun war Mags völlig verwirrt.

»Schlimmer? Was ist denn schlimmer als die Mafia?«

»Schlimmer im Sinne von royal.«

Mags blieb wie angewurzelt stehen.

»Royal?«

Sie sah ihren Freund, der sie mit einem müden Lächeln beobachtete, mit weit aufgerissenen Augen an.

»Du meinst das ernst? Royal?«

»Ja. Und ich bitte dich inständig, nicht darüber zu sprechen. Meine Familie hat vor Jahrzehnten beschlossen, mich und die leidige Tatsache meiner Existenz – wie sagt man so schön? – unter den Teppich zu kehren. Da dieser Teppich mir sehr früh eine ausreichend finanzielle Absicherung bescherte, war meine Mutter damit einverstanden. Sie war eine schlaue Frau, die mich bis zu ihrem Tod immer beschützt hat. Ich finde ebenfalls, dass sie richtig gehandelt hat. Alles andere hätte mein Leben von Anfang an zu einem Spießrutenlauf gemacht und außerdem einige Menschen sehr, sehr unglücklich.«

Mags starrte Gulliver immer noch an. Das war so absurd, so völlig unerwartet. Sie wusste nicht, was sie sagen sollte.

»Und deine Familie hat Charlie Milver damals gedroht?«

»Sie hat ihn auf jeden Fall überzeugt, die Geschichte fallenzulassen. Wahrscheinlich mithilfe einiger deutlicher Warnungen.«

Als er Mags' entsetztes Gesicht sah, hob er die Hand.

»Warnungen in dem Sinne, dass sie ihm durch einen Haufen einflussreicher Anwälte wahrscheinlich sehr deutlich machten, dass sie mit allen rechtlichen Mitteln gegen ihn vorgehen würden. Sie haben ihn nicht zusammenschlagen lassen.«

Mags atmete auf.

»Soweit ich weiß.«

»Gulliver!«

Mags musste auflachen, auch wenn sie ihren Freund dabei immer noch entsetzt anstarrte.

»Nein. Natürlich nicht.«

Gulliver rieb seine kalten Hände aneinander.

»Und um die Geschichte abzuschließen: Ich habe nichts mehr von ihm gehört. Hatte ihn fast vergessen. Und dann taucht er vorgestern hier auf. Ich habe ihn trotz der vielen Jahre sofort erkannt. Und er grinste mich an. Ich glaube, er ist wegen mir gekommen.«

Mags dachte nach.

»Das kann gut sein. Ursprünglich sollte eine andere Fotografin kommen, eine Bekannte von Cynthia, die auf Gärten spezialisiert ist. Sie hat ganz kurzfristig abgesagt.«

Gulliver seufzte.

»Wahrscheinlich hat er über C.C. Gulls überraschendes Auftauchen aus der Versenkung im Zusammenhang mit der Drabstock Mine gelesen. Oder uns beide bei der Eröffnung gesehen. Als er dann von dem Auftrag bei dir hörte …«

»Dachte er, er könnte über mich auch an dich herankommen.«

»Und dann spaziere ich die Treppe herunter. Er muss sich ins Fäustchen gelacht haben.«

»Und du hast gestern …«

»Versucht, mit ihm zu reden. Aber er lachte nur.«

»Er wollte wieder Geld?«

Gulliver schüttelte den Kopf.

»Nein. Er wollte den Ruhm. Er wollte die ganze Sache veröffentlichen.«

»Was du nicht möchtest.«

»Nein. Wobei ich fast glaube, dass der Skandal sich sogar in Grenzen gehalten hätte. Heute ist meine Familie ja in vielerlei Hinsicht menschlicher geworden. Im Guten wie im Schlechten …«

»Aber er hätte dein Leben ganz schön durcheinandergebracht.«

»Und deswegen soll ich ihn umgebracht haben?«

Gulliver schüttelte den Kopf.

»Nein. Das Pfarrhaus hat hohe Mauern. Ich hätte es durchgestanden.«

Mags merkte, wie kalt ihr mittlerweile war.

»Lass uns zurückgehen. Bevor wir hier festfrieren.«

Sie drehten sich um und gingen auf das Cottage zu, aus dessen Schornsteinen der Rauch kleine Wolken in den schon dunklen Himmel malte.

»Mit wem hast du vorhin telefoniert?«

»Du hast mich belauscht?«

»Gulliver, ich war bei Agatha und den Hühnern und habe gehört, wie du telefoniert hast. Mir ist das Herz in die Hose gerutscht, als ich dich erkannt habe.«

»Es tut mir so leid. Ich hätte von Anfang an die Karten auf den Tisch legen sollen. Ich habe mit einem der Anwälte meiner Familie gesprochen. Gestern, bevor der Strom weg war und alle Leitungen zusammengebrochen sind, habe ich ihm in der ersten Panik eine Mail geschrieben. Ich wollte wissen, was ich tun soll. Aber bevor er antworten konnte, lag Milver schon tot im Garten. Du kannst dir vorstellen, dass einige Menschen gerade ziemlich panisch sind, was passieren wird.«

»Hast du sein Telefon in den Kamin geworfen?«

»Und euch und das Haus gefährdet? Niemals!

Und ich war mir auch ziemlich sicher, dass Milver sein Wissen nicht irgendwelchen Geräten anvertraut hätte.«

Mags zog das schwarze Buch aus ihrer Tasche.

»Nein. Er hatte das hier.«

Gulliver schnaubte.

»Wie geschmacklos. Und wie albern. Das kleine schwarze Buch eines Erpressers.«

Er sah Mags an.

»Was machst du damit?«

Sie zuckte mit den Schultern.

»Ich weiß es noch nicht. Aber keine Sorge, die Einträge sind so kurz, dass man nur raten kann, was damit gemeint ist.«

Gullivers Augen leuchteten kurz vor Neugierde auf, dann schüttelte er den Kopf.

»Verbrenn es. Es ist Schmutz.«

Mags dachte bei sich, dass ihr Freund da absolut recht hatte. Aber solange nicht klar war, ob dieser Schmutz etwas mit dem Tod von Milver zu tun hatte, würde sie es behalten müssen.

Sie seufzte.

»Es gibt noch einiges zu tun.«

26

Die letzten Meter zurück zum Haus hatte Gulliver geschwiegen, und auch Mags hing ihren Gedanken nach. Es war eine unglaubliche Geschichte, die Gulliver ihr da erzählt hatte. Unglaublich, aber sie passte zu ihm, sie erklärte so einiges, und vor allem war ihr, während sie seiner ruhigen und so kultivierten Stimme gelauscht hatte, klar geworden, dass sie im glaubte.

Aber wenn Gulliver nicht derjenige gewesen war, der das Telefon in den Kamin geworfen hatte, wer dann? Mags würde sicherlich nicht Miss Clara oder Jim auf ihre Liste der Verdächtigen setzen. Der Fotograf hatte vor seiner Anreise gar nicht gewusst, dass die beiden hier sein würden – und in seinem schwarzen Buch tauchten ja auch nur Sam und Mags selbst auf. Und natürlich würde auch Sam so etwas nicht tun. Auch, wenn sie immer noch nicht wusste, was sie von seinem merkwürdigen Verhalten Diana Tyler gegenüber halten sollte. Aber schon einmal hatte sie, von den kleinen, aber immens lauten Eifersuchtsteufeln getrieben, Sam nicht vertraut. Auch damals war es eine Frau gewesen, mit der er etwas teilte, das Mags ihm nicht geben konnte. Oxford, seine Welt aus Wissenschaft und Büchern.

Und auch, wenn Diana nicht gerade eine Gelehrte war, hatte sie bei Sam studiert und kannte damit einen Teil seines Lebens, der Mags immer fremd bleiben würde. Das war ihr wunder Punkt in Bezug auf Sam. Sie war eifersüchtig. Nicht auf die Frauen, nicht wirklich, sondern auf das, wofür sie standen: Sams Leben, bevor er sie kennengelernt hatte. Sie hätte gedacht, darüber hinweg zu sein, aber das war sie nicht.

Aber so oder so: Sie würde sowohl auf Diana als auch auf Brent ein Auge haben müssen.

Als sie seufzte, sah Gulliver sie fragend an.

»Hab ich dich mit meiner Geschichte so in schlechte Laune versetzt?«

Mags griff ohne lange nachzudenken nach seiner Hand und hielt sie fest. Gulliver war nun wirklich kein Mensch, der seine Freude oder Zuneigung über Berührungen ausdrückte, aber ihr war es wichtig.

»Nein. Ich freue mich, dass du es erzählt hast, und fühle mich ein wenig dumm, dass ich dich nicht einfach vorher gefragt habe. Also gleich zu Beginn, als mir aufgefallen ist, dass du Charlie anscheinend kanntest. Ich hätte etwas sagen sollen. Geheimnisse sind so – anstrengend.«

Sie holte tief Luft.

»Und manchmal wohl auch tödlich, oder?

Gulliver blieb stehen und sah sie neugierig an.

»Aber ohne Geheimnisse wäre die Welt doch nur halb so aufregend, nicht wahr?«

Mags sah ihm ins Gesicht und dann in Richtung des Cottages und ihrer verschneiten Gärten.

»Glaubst du das wirklich? Ich nicht. Und ich hatte in letzter Zeit ja öfter Gelegenheit, darüber nachzudenken. Geheimnisse, von Menschen gemachte, versteckte, nicht erzählte Geheimnisse, bringen nichts Gutes mit sich. Und versteh mich nicht falsch. Ich meine nicht den Zauber, der noch nicht entdeckten und versteckten Dingen innewohnt. Dem noch nicht erzählten Ende einer Geschichte, einem unfertigen Bild, einer Blume, die ihre Blüten noch nicht geöffnet hat, der Abfolge von Licht und Wetter, das mich an einem Tag nach dem Frühstück erwartet. Zauber, Überraschungen, Magie, wie auch immer du es nennen willst, das ist etwas Wunderbares. Aber Geheimnisse führen nie zu etwas Gutem. Ein geheimer Wunsch, eine geheime Identität, eine geheime Vergangenheit. Das ist nichts, aus dem etwas erblühen kann, dem ein Zauber innewohnt. Ich will das auch nicht haben in meinem Leben, möchte diese Art von Dunkelheit nicht mit mir herumschleppen. Dafür habe ich in den letzten Jahren zu oft gesehen, welche tödlichen Abläufe Geheimnisse auslösen können.«

Sie dachte an das kleine Buch, das sie gefunden hatte und das jetzt sicher in ihrer Tasche steckte.

»Du bist etwas Besonderes, weißt du das eigentlich?«

Mags war nicht ganz klar, was Gulliver damit meinte, aber sie wusste nun, was sie zu tun hatte.

»Ich muss zurück zum Haus, mit Sam sprechen.«

27

Als Mags in Sams Arbeitszimmer kam, war er nicht da. Sie ging zurück auf den Flur und lauschte. Aus der Küche drangen die unterschiedlichsten Stimmen zu ihr herauf. Sie konnte Jims lautes Lachen hören, die helle Stimme Miss Claras und dann auch den warmen Tenor von Sam.

Leise ging sie zurück zu seinem Schreibtisch und setzte sich in seinen Sessel. Sie liebte Sams Arbeitszimmer. Es war so typisch für ihn, angefüllt mit den vielen kleinen Dingen, die er sammelte, mit den unzähligen Büchern und Zeitschriften, die er las. An allem hing sein Geruch, und trotz der gelinde gesagt beträchtlichen Unordnung war es für Mags eines der ruhigsten Zimmer im Haus. Wahrscheinlich, weil Sam ihr Anker war. Der Gedanke gefiel ihr. Aber dann fiel ihr Blick auf die verschlossene Schreibtischschublade. Sie lehnte sich zurück und zog die Beine unter sich. Sams Sessel war so groß und breit, dass sie sich fast wie ein Kind vorkam. Geheimnisse. Sie starrte die Schublade an, lauschte auf die Stimmen von unten. Wie müde sie war. Wie unendlich müde sie war. Sie würde nur kurz die Augen schließen, nur kurz. Erschöpft legte sie die verschränkten Arme auf den Tisch und bettet ihren Kopf darauf.

Sie wusste, dass sie träumte. Vielleicht, weil die Pflanzen in ihrem Garten nicht nur von einer Eisschicht bedeckt, sondern völlig davon eingeschlossen waren. Alles sah aus, als wäre es in geschmolzenes Glas getaucht. Und auch der Himmel über ihr, der glutrot leuchtete, konnte nur in einem Traum so aussehen. Trotzdem hatte sie Angst. Sie sah sich um. Irgendetwas bewegte sich zwischen den Hecken aus Eis. Augen, braune Augen, die sie beobachteten. Der Fuchs?

Sie wollte weglaufen, aber um ihre Turnschuhe hatte sich das Eis geschlungen und hielt sie fest. Der Fuchs kam auf sie zu, sie konnte ihn hören.

»Bald bist du tot. Tot wie ein Türnagel.«

Und rings um sie herum wuchsen silberne Nägel aus dem Boden und wurden größer und größer.

»Hörst du die Turmuhr schlagen? Bald ist es so weit.«

Sie hörte die Glockenschläge, die immer lauter und lauter wurden und deren Hall das Eis um sie herum brechen ließ. Der Fuchs lachte auf, und dann sah sie vor seinen Pfoten etwas liegen. Etwas Weißes. Agatha.

Und mitten aus ihrer Brust ragten die roten Früchte eines Stechpalmenzweigs hervor.

»Mags?«

Sie schlug die Augen auf. Sam stand vor ihr, ein leichtes Lächeln auf den Lippen, eine Tasse Tee in der Hand.

»Was machst du hier, kleine Elfe?«

Mags rieb sich über das Gesicht und sah dann Sam verwirrt an.

»Kleine Elfe? Was ist denn in dich gefahren?«

Er lachte und hielt ihr die Tasse hin.

»Miss Clara schickt mich. Sie hat gesehen, dass du hier eingeschlafen bist, und hat gesagt, ich soll dich sanft und liebevoll wecken.«

»Indem du mich kleine Elfe nennst?«

Sam grinste und setzte sich auf den Rand seines Schreibtisches.

»Das ist doch etwas Nettes, oder?«

Mags verzog das Gesicht.

»Wenn du meinst.«

Sie richtete sich auf, und dann fiel ihr ein, was sie geträumt hatte.

»Wie lange habe ich geschlafen?«

»Vielleicht eine halbe Stunde? Ich dachte mir, du solltest langsam aufwachen. Es gibt bald das Weihnachtsessen.«

Mags schluckte. Es war Weihnachten. Und sie hatten weder gesungen noch die Geschenke ausgepackt. Also die, die nicht in den Strümpfen verbrannt waren.

Agatha mit einem Stechpalmenzweig in der Brust. Sie schüttelte den Kopf.

»Woran denkst du?«

Sam sah sie neugierig an.

»An Geschenke. Und an den Traum, den ich gerade hatte.«

»Erzähl ihn mir.«

Mags zögerte, erzählte Sam dann aber alles, woran sie sich erinnerte.

»Du weißt, was da seinen Weg in deinen Traum …«

Sam brach ab und sprang auf.

»Ich Idiot! Stechpalmenzweig … Warte.«

Er wühlte in einem Bücherstapel neben seinem Schreibtisch, der dadurch gefährlich ins Wanken geriet. Dann zog er ein Buch heraus, blätterte es auf, las kurz und hielt es Mags hin.

»Lies!«

»Was? Was ist das?«

»Dickens. Die Weihnachtsgeschichte. Aber nicht in der gekürzten Version, die ich euch vorgelesen habe, sondern im Original. Lies schon!«

Mags beugte sich über das Buch und begann die Stelle zu lesen, auf die Sam so aufgeregt zeigte:

»›Fröhliche Weihnachten, Onkel, Gott erhalte Sie!‹, rief da eine heitere Stimme. Es war die Stimme von Scrooges Neffen, der so schnell hereingekommen war, dass dieser Gruß das Erste war, was man von ihm bemerkte.

›Pah‹, sagte Scrooge, ›dummes Zeug!‹

›Seien Sie nicht böse, Onkel‹, sprach der Neffe.

›Was soll ich anderes sein‹, antwortete der Onkel, ›wenn ich in einer Welt voll solcher Narren lebe? Fröhliche Weihnachten! Der Henker hole die fröhlichen Weihnachten! Was ist Weihnachten für dich anderes als eine Zeit, in der du Rechnungen bezahlen sollst, ohne Geld zu haben, eine Zeit, in der du dich um ein Jahr älter und nicht um eine Stunde reicher findest, eine Zeit, in der du deine Bücher abschließest und in jedem Posten durch ein volles Dutzend von Monaten ein Defizit siehst? Wenn es nach mir ginge‹, setzte Scrooge heftig hinzu, ›so müsste jeder Narr, der mit seinem ›Fröhliche Weihnachten‹ herumläuft, mit seinem eigenen Pudding gekocht und mit einem Stechpalmenzweig im Herzen begraben werden.‹

›Onkel!‹, bat der Neffe.

›Neffe‹, antwortete der Onkel erbost, ›feiere du Weihnachten nach deiner Art und lass es mich nach meiner feiern.‹«

Mags sah auf.

»Der Stechpalmenzweig in der Brust?«

»Ja, ich denke, jemand hat sich an die Textzeile erinnert und Milver den Zweig angesteckt. Und du hast von Türnägeln und Turmglocken geträumt, weil ich das vorgelesen habe. Und dann hast du das Ganze mit dem Zweig vermischt. Weil ein Teil von dir sich an die Geschichte erinnerte. Du wirst sie ja genau wie ich in deinem Leben schon so oft gehört haben, und einige Male wohl auch in der Originalversion.«

Mags strich nachdenklich über die Buchseite.

»Also hat jemand die Leiche gefunden, schon bevor ich sie am Morgen entdeckt habe, und ihr den Zweig angesteckt?«

Sam schwieg lange.

»Das hoffe ich sehr, Mags, das hoffe ich wirklich sehr. Aber ...«

»Aber was?«

»Aber was, wenn der Zweig Milver direkt nach seinem Tod angesteckt wurde?«

Mags lehnte sich im Sessel zurück.

»Du meinst, er war nicht allein, als er gestorben ist. Mord?«

Sam schwieg, und Mags griff in ihre Tasche.

»Wenn das so ist, dann habe ich wahrscheinlich das Motiv dafür gefunden.«

Sie reichte Sam das schwarze Buch, der es zuerst neugierig, dann mit wachsender Abscheu durchblätterte.

»Er war ein Erpresser?«

»Ja.«

Sam las weiter und ließ dann das Buch sinken.

»Gulliver?«

Seine Stimme war leise, und Mags konnte ihm seinen Schrecken anhören.

»Nein. Nicht Gulliver.«

Mags rollt den Schreibtischstuhl näher an Sam und erzählte im flüsternd, was sie von Gulliver erfahren hatte. Keine Geheimnisse, nicht vor Sam.

»Also bleiben Diana oder Brent?«

»Ja. Ich glaube Gulliver. Und wenn es keiner von uns beiden gewesen ist, dann bleiben ja die beiden übrig, oder? Aber wie sollen wir herausfinden, wer?«

Sam lehnte sich zurück und sah Mags an.

»Ich glaube, ich habe da eine Idee.«

28

Wieder wurde die Küche vom Schein der Kerzen erhellt. Mags mochte Kerzenlicht normalerweise, die Art und Weise, wie die Schatten an den Wänden tanzten, und die Wärme, die es abgab. Aber jetzt schienen ihr die Kerzen mehr Schatten zu machen, als Licht zu bringen – und sie hätte sich über das klare und helle Strahlen einer Glühbirne sehr gefreut.

Am Tisch sah sie in müde und erschöpfte Gesichter. Die Sonne war kurz davor unterzugehen, und die Polizei war immer noch nicht aufgetaucht. Miss Clara hatte mithilfe von Brent Oliver, der sich in der Küche und bei ihr wohlzufühlen schien, das übrig gebliebene Huhn gebraten. Der Duft der Soße und des in der schweren Pfanne gerösteten Gemüses erfüllte die Küche. Trotzdem hatte Mags keinen Hunger. Sie war nervös – und hoffte, dass alles bald ein Ende haben würde. Gulliver unterhielt sich leise mit Diana Taylor über London und wirkte entspannter und ruhiger als die Tage zuvor. Immer, wenn Mags zu ihm hinüberblickte, kam sie nicht umhin, nach einer Ähnlichkeit zu suchen. Die Stirn? Das Kinn? Die Ohren? Als Gulliver sie einmal bei einer solchen Musterung erwischte, wurde sie rot und wandte sich schnell an Sam, der diesmal endlich ihr Tischnachbar war.

Beim Essen erzählte Jim eine lange Geschichte über seine Erlebnisse in Indien und über ein Weihnachtsfest, das er in der Wüste Gobi gefeiert hatte – in einer Jurte, unter einem Sternenhimmel, wie er ihn so noch nie zuvor gesehen hatte. Mags, die Jims Geschichten schon gelauscht hatte, als sie noch nicht mal laufen konnte, lehnte sich zurück und wartete ungeduldig, dass es Zeit für den Nachtisch wurde.

Als alle aufgegessen und Jim seine Geschichte beendet hatte, räumten sie den Tisch ab.

»Es gibt noch Pudding. Schließlich ist Weihnachten.«

Miss Clara scheuchte alle zurück an den Tisch und machte sich mit Brent an die Vorbereitungen.

»So, und nun macht einmal die Kerzen aus, damit wir Brents und mein Meisterwerk auch richtig zu sehen bekommen.«

Mags bemerkte, dass die Augen des jungen Mannes vor Stolz und Vorfreude leuchteten, als er die große Schüssel mit dem Pudding in die Mitte des Tisches stellte. Miss Clara reichte ihm eine Flasche mit Brandy, die er großzügig auf dem Pudding verteilte. Diana schob ihren Stuhl vorsichtig ein ganzes Stück vom Tisch zurück und flüsterte Mags zu:

»Bei uns zu Hause hat mein Vater bei der Aktion einmal fast den Kronleuchter flambiert.«

Mags hielt die Luft an, als Miss Clara ein langes Streichholz entzündete und an den Brandy hielt.

Blaue Flammen züngelten empor, und alle klatschten.

»Frohe Weihnachten!«

Das war Sams Stichwort. Bevor jemand Mags' Weihnachtsgruß erwidern konnte, ergriff er das Wort.

»Wenn es nach mir ginge, so müsste jeder Narr, der mit seinem ›Fröhliche Weihnachten‹ herumläuft mit seinem eigenen Pudding gekocht und mit einem Stechpalmenzweig im Herzen begraben werden.«

»Was?«

Fünf Augenpaare starrten ihn entsetzt an.

Gulliver lachte als Erster.

»Was soll das, Sam, bist du jetzt unter die Weihnachtsmuffel gegangen?«

Miss Clara wollte auch etwas sagen, aber Mags stieß sie unter dem Tisch mit dem Fuß an und schüttelte ganz leicht den Kopf.

Jim und Diana sahen Sam ebenfalls erstaunt an. Nur Brent war bei den Worten noch blasser geworden als zuvor und hielt seinen Blick gesenkt. Mags schluckte.

»Brent? Wundern Sie sich nicht auch darüber, was Sam da gerade gesagt hat?«

Aber Brent blickte nicht auf. Dann, mit einer so schnellen Bewegung, dass keiner von ihnen reagieren konnte, schob er den Tisch von sich weg, so dass der nur noch schwach brennende Pudding in alle Richtungen spritzte, und rannte zur Küchentür.

»Verdammt!«

29

Mags war ebenfalls aufgesprungen und sah erleichtert, dass niemand etwas von dem Pudding abbekommen hatte.

»Er will zum Auto!«

Mags rannte hinter Sam her, der mit seinen langen Beinen schneller war, und stürmte aus der Tür.

Sie hatten den Weg rund um das Haus von Schnee geräumt und mit Sand und Asche bestreut. Sonst hätten sie sich wahrscheinlich alle den Hals gebrochen. Trotzdem kam Mags an einigen Stellen ins Rutschen.

Als sie um die Ecke bog, hatte Brent den schwarzen Leihwagen schon fast erreicht, als sich genau in dem Moment etwas Weißes, laut Quakendes auf ihn stürzen wollte. Aber diesmal kam Agatha nicht weiter, da Brent sie aus den Augenwinkeln gesehen hatte und sie mit einem gezielten Tritt in einen der Schneehaufen stieß. Mags schrie auf, aber nach einer kurzen Schrecksekunde wühlte sich die Gans laut zischend wieder aus dem Schneehaufen, schüttelte sich und setzte dem jungen Mann nach.

»Agatha! Halt!«

Brent hatte die Autotür aufgerissen, und Mags griff nach der vor Wut um sich schnappenden Gans.

»Lass ihn! Er wird uns sonst noch überfahren.«

Sie klemmte sich die Gans unter den Arm und hielt vorsichtig Abstand von dem Auto, auf dessen Fahrersitz Brent saß und sie und Sam mit panischem Blick anstarrte.

Auch Sam war zurückgetreten. Doch nichts passierte. Sie konnten sehen, wie Brent auf den Startknopf drückte. Einmal, zweimal. Der Motor gab nicht das leiseste Geräusch von sich.

Schließlich ließ er den Kopf auf den Lenker sinken. Mags stellte sich neben Sam, während die anderen langsam nach und nach aus der Haustür kamen und warteten.

Schließlich trat Miss Clara, von Jim vorsichtig gestützt, an den Wagen heran.

»Steig aus. Es ist eiskalt. Du wirst nicht im Wagen bleiben können. Bitte.«

Brent öffnete die Augen und sah von Miss Clara zu Sam und schließlich zu Mags, die sich, Agatha auf dem Arm, neben Miss Clara stellte.

»Ja. Steigen Sie aus. Es nützt doch nichts, wenn noch jemand ums Leben kommt.«

Brent war durch die geschlossenen Autotüren kaum zu verstehen.

»Er ist gestürzt. Er ist einfach gestürzt, und der

Schnee wurde rot und ich … Ich wollte das nicht. Nicht so.«

Mags holte tief Luft. Sie hatten also recht gehabt.

»Ich glaube Ihnen. Wir glauben Ihnen.«

Sie sah zu Miss Clara, die nickte und sich wieder an Brent wandte.

»Vielleicht erzählen Sie uns einfach, was passiert ist? Drinnen, wo es warm ist.«

Mags hörte, wie die Türverriegelung aufging, spürte Jims große Hand auf ihrer Schulter und atmete auf, als Brent, von Sam flankiert, zurück ins Haus ging.

30

Jim hatte auf ihre Bitte hin den Generator angeworfen, und Mags war sehr froh, dass die Küche des Cottages nun nicht mehr von Kerzenlicht, sondern von schnödem elektrischem Licht erhellt war. Die Zeit für Geschichten war vorbei.

Sam saß neben Brent, der am ganze Körper zitterte. Jim lehnte an der Tür.

»Was für ein Glück, dass der Wagen nicht angesprungen ist.«

Miss Clara legte dem jungen Mann eine dicke Decke um die Schultern.

»Du wärst an der ersten Kurve von der vereisten Straße geflogen, und wer weiß, was noch passiert wäre. Weglaufen ist keine Lösung, junger Mann.«

Sie setzte sich neben Mags auf die Küchenbank.

Brent zitterte etwas weniger, sah aber immer noch nicht auf. Mags fragte sich, ob er überhaupt noch etwas sagen würde, bevor die Polizei irgendwann endlich da wäre. Dafür grinste Jim leise vor sich hin und wandte sich an Miss Clara.

»Das hatte weniger mit Glück zu tun als damit, dass ich gestern den Anlasser aus dem Motor ausgebaut habe.«

Alle sahen Jim an, der gelassen mit den Schultern zuckte und weiterhin lächelte.

»Na, mal ehrlich. Jemand stirbt, wir sind eingeschlossen im Cottage, und dann explodiert auch noch der Kamin? Ich dachte mir, es wäre nicht so schlau, auch noch einen fahrbereiten Fluchtwagen auf dem Hof stehen zu lassen.«

Mags sah ihn fassungslos an.

»Hast du meinen Wagen etwa auch außer Gefecht gesetzt?«

Jim nickte.

»Ja, klar.«

»Aber ...«

»Ach, Mags. Doch nicht, weil ich dich verdächtigte! Aber deine Wagenschlüssel hängen fein säuberlich beschriftet vorne im Flur. Jeder hätte da zugreifen können.«

Sie schüttelte den Kopf.

»Warum hast du nichts gesagt?«

»Weil ich dachte, wenn wir so wenig Wind wie möglich machen, scheuchen wir auch wenig Übel auf.«

Er sah ernst in die Runde und ließ seinen Blick von Gulliver über Diana zu Brent wandern.

»Ich wollte warten, bis die Polizei hier ist. Mir hätte klar sein können, dass das mit dem Wenig-Wind-Machen nicht gerade deine Stärke ist.«

Mags wollte protestieren, aber da Jim leider recht

hatte, schwieg sie lieber. Sie wollte gar nicht wissen, was später dann wohl CI Phyllis Armstrong zu der ganzen Sache sagen würde. Von wegen Füße still halten und so. Sie würde einfach alles Sam in die Schuhe schieben. Es war ja auch seine Idee gewesen, über dem Weihnachtspudding nach dem oder der Täterin zu fischen.

Mittlerweile hatte sich Brent Oliver so weit erholt, dass er nach seiner Tasse greifen konnte. Als er kurz aufschaute, nutzte Mags die Gelegenheit. Sam hatte schon unauffällig sein kleines Diktiergerät auf der Küchenarbeitsfläche hinter Brent bereitgelegt.

»Brent? Wollen Sie uns erzählen, was passiert ist?«

Sie warteten. Wahrscheinlich würde er einfach schweigen. Dann wäre es Sache der Polizei, aus ihm schlau zu werden. Aber Mags wollte wissen, was in ihrem Cottage passiert war. Wollte wissen, was in der Nacht zu Weihnachten geschehen war. Wollte wissen, warum der junge, so schüchterne Mann vor ihr anscheinend mehr über den Tod von Charles Milver wusste als die anderen. Keine Geheimnisse mehr. Sie sah ihn einfach nur an und hoffte, dass er reden würde.

Schließlich räusperte er sich und begann zu sprechen. Fahrig, leise, mit Händen, die dünn und angespannt immer wieder hilflos versuchten, seine Worte zu untermalen.

»Er war so betrunken. Immer, wenn er zu viel getrunken hatte, wurde er noch böser als sonst schon. Ich konnte einfach nicht im selben Zimmer schlafen wie er. Diese ständigen Andeutungen von ihm … Ich wusste nie, was er als Nächstes verlangte.«

»Er hat Sie erpresst?«

Brent lachte bitter und sah von Mags zu Diana und dann zu Gulliver.

»Wen nicht?«

»Geld?«

»Nein. Er wusste, dass da bei anderen mehr zu holen war als bei mir.«

Wieder blickte Brent zu Gulliver, der den Blick gelassen erwiderte. Mags betete, dass seine Geschichte am Ende nicht doch noch herauskommen würde. Doch Brent sprach weiter. Es schien, als könnte er, einmal begonnen, die Wörter nicht mehr zurückhalten.

»Aber er hat mich immer wieder gezwungen, für ihn in der Redaktion die Schreibtische zu durchwühlen. Die echten und vor allem die virtuellen. Er wusste, dass ich mich mit Computern auskenne. Er hat mich auf die Kollegen angesetzt, auf seinen Vermieter, auf alle. Er war total besessen davon. Und je mehr ich gemacht hatte, desto mehr steckte mein Kopf in der Schlinge. Ich habe es gehasst.«

Er sah zu Diana Tyler, die bei seinen Worten blass geworden war.

»Es tut mir leid. So leid.«

Mags, die die Notizen aus dem schwarzen Buch ja kannte, konnte sich langsam zusammenreimen, wie Milver sein Netzwerk aufgebaut hatte. In Milvers Notizbuch hatte hinter dem Kürzel D.T. was sicherlich für Diana Taylor stand, einfach nur »Fotos« gestanden. Was auch immer das für Fotos gewesen waren, Milver hatte Brent benutzt, um an sie zu kommen. Sie beugte sich wieder zu Brent vor.

»Und gestern Abend?«

»Als alle anderen ins Bett gegangen waren, machte ich mich auch fertig und wollte schlafen gehen. Aber Charlie war, trotz der Menge an Alkohol, die er getrunken hatte, noch hellwach. Er fluchte über die Schmerzen vom Sturz, aber lachte in der nächsten Sekunde wieder. Ich kannte das schon von ihm. Er war völlig überdreht und erzählte mir immer wieder etwas von einem ganz dicken Fisch, den er an Land gezogen hätte.«

Wieder ein Blick Richtung Gulliver, diesmal aber ein fragender. Mags atmete auf. So wie es aussah, hatte Milver niemandem erzählt, was genau der dicke Fisch war.

»Irgendwann hatte ich genug und sagte ihm, dass ich jetzt schlafen gehen würde. Er nannte mich … Er beschimpfte mich. Und als ich mich umdrehte, warf er das Gesteck auf mich, das auf dem Tisch gestanden hatte. Ich zog mir meine Decke über den

Kopf. Wie ein Kind. Wie ein kleines Kind, um mich vor ihm und seinen Launen zu schützen.«

Er hob seine Hände und ließ sie dann wieder hilflos fallen.

»Dann, als er mitbekam, dass ich nicht mehr mit ihm reden würde, suchte er grummelnd nach seinem Mobiltelefon. Aber es war weg. Er warf alles durcheinander, bis ihm einfiel, dass er es am Vormittag im Garten noch gehabt hatte. Vor seinem Sturz. Also zog er sich seine Jacke an. Er kippte fast um bei dem Versuch, in seine Schuhe zu schlüpfen.«

Mags hielt die Luft an. Wie weit würde Brent in seiner Erzählung gehen?

»Ich sah, wie er grinsend nach der Weinflasche griff, die aus einem der Strümpfe ragte, und das Papier abriss. Ich meine, er nahm einfach so eines der Geschenke, das nicht für ihn bestimmt war, und öffnete es! Aus irgendeinem Grund hat mich das besonders getroffen. Als er dann in die Küche torkelte, folgte ich ihm. Ich weiß nicht, warum. Vielleicht wollte ich ja auf ihn aufpassen.«

Mags hatte das Gefühl, dass Brent das selbst glauben wollte, glauben wollte, dass er aus guten Gründen hinter seinem Erpresser hergegangen war.

»Er öffnete die Küchentür und ging hinaus. Der Weg war immer noch fürchterlich glatt, aber er schaffte es irgendwie bis an den Rand der Wiese.

Dort suchte er dann eine ganze Weile nach seinem Telefon, und er fand es wirklich. Natürlich funktionierte es nicht mehr, ich hörte ihn fluchen.«

Brent schaute wieder auf seine Hände.

»Ich blieb in der Küchentür stehen und sah ihm zu. Genau in dem Moment begann es zu schneien. Dicke Flocken, ich habe noch nie so dicke Schneeflocken gesehen. Und Charles stand da, die Weinflasche in der einen Hand, sein Telefon in der anderen. Er sprach mit sich selbst und lachte, versuchte, die Flocken mit dem Mund aufzufangen. Immer wieder setzte er die Weinflasche an. Nach und nach wurde alles weiß, der Weg, seine Haare, die Bäume. Nur er, er störte alles. Er machte alles kaputt, verstehen Sie?«

Brent sah in die Runde und suchte ihre Augen.

»Ich wollte ihn holen, rief leise nach ihm. Ich wollte doch nur, dass er zurück zum Haus kam. Aber er lachte nur und stand da. Ich ging zu ihm, versuchte, ihn wieder ins Haus zu holen. Doch er lachte und beschimpfte mich weiter. Ich gab auf, wollte gehen, aber er hielt mich fest und sagte, er sagte …«

Brents Stimme brach, und er sah Mags hilfesuchend an.

»Er sagte, ich würde erst dann gehen, wenn er es mir erlaubt. Erlaubt! Ich stieß ihn weg – und er fiel. Fiel um, betrunken wie er war. Doch statt zu schimpfen, statt den Schnee abzuschütteln und aufzustehen, blieb er liegen.«

Brent sah auf.

»Ich beugte mich zu ihm, dann sah ich, wie der Schnee neben seinem Kopf dunkel wurde. Dunkel vor Blut. Er bewegte sich nicht. Ich sah ihn an. Es sah so friedlich aus, wie er dalag. Als ob er nie in seinem Leben einem anderen Menschen etwas angetan hätte. In seinen Wimpern und in seinen Haaren hingen die Flocken.«

Brent hatte Tränen in den Augen.

»Dann bemerkte ich, dass ich in den Händen immer noch die Reste des Gestecks hielt, mit dem er mich beworfen hatte. Ich erinnerte mich an die Geschichte von Scrooge – und da habe ich ihm den Zweig ins Hemd gesteckt, einfach so.«

Sams Stimme war leise, sanft. Mags wusste, was ihr Mann als Nächstes für eine Frage stellen würde, und hoffte, dass Brent antworten würde.

»Hat er noch geatmet, als Sie ihm den Zweig angesteckt haben?«

Brent Oliver schwieg.

An seinen Händen jedoch traten die Knöchel weiß hervor. Mags lehnte sich zurück. Sogar jetzt schien der Mann vor ihr seine Wut auf den toten Fotografen nur mit Mühe zügeln zu können.

Sam begriff, dass er nicht weiterkommen würde, und stellte seine letzte Frage.

»Warum haben Sie das Mobiltelefon in den Kamin geworfen?«

Doch Brent schüttelte den Kopf und sah Sam das erste Mal direkt in die Augen.

»Das war ich nicht. Warum sollte ich? Ich wusste, dass er all die Geheimnisse, die er sammelte und benutzte, um die Menschen um ihn herum zu erpressen, in seinem Kopf speicherte. Er hatte ein kleines schwarzes Buch, in dem er sich immer nur einige Wörter aufschrieb, harmlose Wörter. Er hat es mir selbst gezeigt, als er mich einmal dabei erwischt hat, wie ich sein Büro durchsuchte. Ausgelacht hat er mich. Alles sei in seinem Kopf – und an den würde ich nicht kommen.«

Mags sah auf, dann wanderten ihre Augen zu Diana Tyler, die am Tisch saß und jeden Blickkontakt vermied.

»Dieses Buch hier?«

Sie holte es aus der Tasche.

»Ja. Genau. Das ist es.«

Alle sahen es an, nur die Redakteurin streckte unbewusst ihren Arm aus, um danach zu greifen, zog ihn aber sofort wieder zurück.

Mags sah sie an.

»Also haben Sie das Telefon zerstört?«

Diana nickte. Ihre Stimme war so leise, dass Mags sie kaum hören könnte.

»Ich wusste nichts von dem schwarzen Buch. Als

ich morgens bei ihm war, also im Garten, da habe ich unter dem Schnee sein Handy gefunden. Ich nahm es mit, aber es ließ sich nicht anschalten. Die Kälte …«

Sie sah auf.

»Ich wollte nur sichergehen, dass es wirklich zerstört ist. Dass niemand die Fotos sieht.«

Sie flüsterte und hatte Tränen in den Augen.

»An eine Explosion habe ich nicht gedacht. Es tut mir so leid. Ich dachte, es schmilzt einfach. Ich war panisch. Ich hatte Angst.«

Brent lehnte sich vor.

»Diana? Er hat keine Fotos. Keine. Er war nicht so dumm, Beweise zu sammeln, die dann gegen ihn hätten benutzt werden können. Er hat die Bilder gesehen, die ich auf deinem Rechner gefunden hatte, das stimmt. Aber er hat keine Kopie gemacht. Das war nur eine seiner Lügen.«

Mags sah, wie Diana Brent fassungslos ansah und dann endgültig in Tränen ausbrach. Gulliver ging zu ihr.

Sie stand auf. Sie musste an die frische Luft, musste raus aus diesem Raum.

»Ich gehe jetzt telefonieren und informiere die zuständige Polizistin, dass wir wissen, wie Charlie Milver gestorben ist. Und dass es einen …«

Sie überlegte kurz.

»Einen Zeugen für den Unfall gibt.«

Sie war müde. Es war nicht ihre Aufgabe, über Brents Geschichte zu urteilen. Oder herauszufinden, ob er die Wahrheit sagte.

Wobei sie immer wieder eine blasse Hand vor sich sah, die einen Stechpalmenzweig an eine Brust steckte, die sich noch schwach auf und ab bewegte.

Mags wollte gerade ihre Stiefel anziehen, als sie aufhorchte. Ein schwerer Motor, oben auf der Straße. Er kam näher. Irgendjemand hatte schließlich doch noch den Weg zu ihnen gefunden. Als sie in Stiefel und Jacke geschlüpft war, war das Fahrzeug am Haus angekommen, und der Motor ging aus.

Mags öffnete die Tür, nur um erneut einen weißen wütenden Haufen Federn zu sehen, der auf den schweren Geländewagen losstürmte.

Sie seufzte und trat auf den Hof.

Sie würde eine Menge zu erklären haben.

31

»Daher hebe ich mein Glas auf die fabelhafte Köchin und auf Huhn Nummer vier, das uns nun in allen Ehren ein phantastisches Weihnachtsessen beschert hat.«

Mags lächelte in die Runde. Es war der zweite Weihnachtsfeiertag – und das Haus gehörte wieder ihr, Sam und ihren Freunden alleine. Die Polizei hatte bis in die Nacht gearbeitet, große Strahler im Garten aufgestellt, alles bis ins kleinste Detail fotografiert und unendlich viele Fragen gestellt. Phyllis Armstrong hatte es sich nicht nehmen lassen, sie und Sam vor versammelter Mannschaft wegen ihrer eigenmächtigen Aktionen zu rügen. Aber Mags konnte damit leben. Ein Räumfahrzeug hatte sich bis zum Cottage vorgekämpft und so schließlich den Weg freigemacht für den Leichenwagen. Brent Oliver war verhaftet und Diana Taylor mit aufs Revier genommen worden. Irgendwie hatten alle Beteiligten es geschafft, Gulliver aus dem Geschehen herauszuhalten – selbst Phyllis Armstrong hatte, wenn auch mit zusammengebissenen Zähnen, keine weiteren Fragen gestellt. Mags fragte sich, wie weit der Einfluss seiner Familie reichte.

Sie wurde aus ihren Gedanken gerissen, als Miss Clara in die Hände klatschte.

»So, meine Lieben. Da wir ja bisher noch nicht dazu gekommen sind, unsere Geschenke auszutauschen, möchte ich euch alle ins Wohnzimmer bitten.«

Mags sah neugierig zu Sam, der aber auch nur die Schultern hob. Anscheinend wusste auch er nicht, was Miss Clara geplant hatte.

Schon beim ersten Blick durch die Wohnzimmertür sah Mags, was sich geändert hatte. Überall brannten die kleinen Lichter, die sie mit Cynthia aufgestellt hatte. Und da stand ein Baum, ein frisch geschlagener Weihnachtsbaum, dessen Duft den ganzen Raum erfüllte und auf dessen Zweigen sie noch einzelne Schneeflocken zu sehen glaubte. Und er war nicht wie der Rest des Hauses perfekt geschmückt, sondern grün und unberührt. Sie sah fragend zu Miss Clara, die neben Jim stand, und ihr ein Päckchen reichte.

»Das ist für dich und Sam.«

Sie wickelte das Geschenk aus und starrte auf die kleine bemalte Holzfigur, die ein Cottage im Schnee zeigte. Und nicht nur irgendein Cottage, sondern ihres. Obwohl nur so groß wie ihre Handfläche, war jedes Detail, jedes Fenster, die grüne Tür, das Dach aufs Feinste ausgearbeitet.

»Das soll euer erster gemeinsamer Baumschmuck

sein. Eine Künstlerin in St. Ives macht sie nach Vorlage. Jedes Jahr könnt ihr euch einen weiteren Baumschmuck dazu holen, oder vielleicht bekommt ihr es ja auch geschenkt, wer weiß.«

Sam nahm Mags die Figur aus der Hand und betrachtete sie lächelnd.

»Ein wunderbares Geschenk, und etwas, was wir zu einer Tradition machen werden. Jedes Jahr eine weitere Figur.«

Er griff nach Mags' Hand, und gemeinsam hängten sie das kleine Häuschen an den Baum.

»Frohe Weihnachten, Mags!«

Später am Abend, nachdem sie unter Lachen weitere Geschenke ausgetauscht hatten, griff Sam erneut nach dem Buch mit Dickens' *Weihnachtsgeschichte*.

»Ich muss euch noch das Ende vorlesen, oder?«

Mags kuschelte sich an seine Schulter und nickte. Jim saß neben Miss Clara in einem der beiden schweren Sessel vor dem Kamin. Er hatte von Miss Clara neben den selbst gestrickten Socken, mit denen er regelmäßig von ihr versorgt wurde, noch ein weiteres Geschenk bekommen. Und so trug er nun statt eines seiner üblichen Shirts einen weichen Pullover, auf dessen Brust ein Weihnachtsmann mit Badehose auf einem Surfbrett stand. Die Ähnlichkeit zwischen dem Weihnachtsmann und Jim war nicht zu übersehen.

Gulliver war nach dem Essen unter Mags' Protest zurück nach Rosehaven gefahren. Er wollte seine Ruhe haben, und sie ahnte, dass er sich hinter den hohen Mauern seines Hauses und seines Gartens verstecken würde. Mags vermisste ihn und hoffte, er würde in seinem Zuhause zur Ruhe kommen.

Sam blätterte das Buch auf, räusperte sich und begann vorzulesen.

»Ja, und es war sein eigener Bettpfosten. Es war sein Bett und sein Zimmer. Und was das Glücklichste und Beste war: Die Zukunft gehörte ihm, um sich zu bessern.

›Ich will in der Vergangenheit, in der Gegenwart und in der Zukunft leben‹, wiederholte Scrooge, als er aus dem Bett kletterte. ›Die Geister von allen dreien sollen in mir lebendig sein. Oh, Jacob Marley! Der Himmel sei dafür gepriesen und die Weihnachtszeit! Ich sage es auf meinen Knien, alter Jacob, auf meinen Knien.‹

Er war von seinen guten Vorsätzen so durchflammt und außer sich, dass seine bebende Stimme auf seinen Ruf kaum antworten wollte. Während seines Ringens mit dem Geist hatte er bitterlich geweint, und sein Gesicht war noch nass von den Tränen.

›Sie sind nicht herabgerissen‹, rief Scrooge, eine der Bettgardinen an die Brust drückend, ›sie sind nicht herabgerissen. Sie sind da, ich bin da, die Schatten der Dinge, die da kommen, können vertrieben werden. Ja, ich weiß es, ich weiß es gewiss.‹

Während dieser ganzen Zeit beschäftigten sich seine Hände mit den Kleidungsstücken: Er zog sie verkehrt an, zerriss sie, verlegte sie und machte damit allerhand tolle Sprünge.

›Ich weiß nicht, was ich tue‹, rief Scrooge in einem Atem weinend und lachend und mit seinen Strümpfen einen wahren Laokoon aus sich machend. – ›Ich bin leicht wie eine Feder, selig wie ein Engel, vergnügt wie ein Schulknabe, schwindlig wie ein Trunkener. Fröhliche Weihnachten allen Menschen! Ein glückliches Neujahr der ganzen Welt! Hallo! Hussa! Hurra!‹«

Sie hatten Sams weicher Stimme gelauscht und waren zusammen mit Scrooge dem letzten der Geister begegnet. Nun saßen sie still zusammen und sahen ins warm glimmende Feuer des Kamins. Mags dachte an die einsamen Weihnachtsfeste, die sie mit ihrem verstorbenen Mann in Amerika erlebt hatte, beide auf ihre Weise unglücklich mit dem Leben, das sie dort führten. Sie dachte an das letzte

Weihnachten, das sie gemeinsam mit ihrem Vater gefeiert hatte – beide darum bemüht, den brüchigen Frieden zu erhalten. Und schließlich dachte sie an die Weihnachten, die vor ihr lagen, mit Sam an ihrer Seite, in ihrem gemeinsamen Haus, umgeben von Freunden und Liebe. Sie hoffte, dass Diana mittlerweile bei ihrer Familie war – und wurde traurig bei dem Gedanken an Brent, der sich dem, was er getan hatte, stellen musste. Sie wusste, was sie sich für das nächste Jahr, nein, was sie sich für die Zukunft vornehmen würde. Keine Geheimnisse. Vorsichtig richtete sie sich auf und sah ihren Mann an.

»Sam?«

»Ja?«

»Was wollte Diana im Büro von dir? Als ich gestern reingekommen bin?«

Es kam ihr vor, als wäre das Ganze eine Ewigkeit her.

»Diana? Ach so. Sie hat wohl ein Buch geschrieben, einen Roman. Und hat sich in den Kopf gesetzt, dass ich ihn lesen und an meinen Verlag weiterleiten würde.«

Er schüttelte den Kopf.

»Aber ich mache so etwas nicht. Es gibt unausgesprochene Regeln.«

Er sah sie fragend an.

»Was dachtest du denn?«

»Ach, nichts Besonderes.«

Sie griff schnell nach ihrem Glas und trank einen Schluck. Sam sollte nicht sehen, wie rot sie geworden war.

Keine Geheimnisse mehr.

»Ich gehe vor dem Schlafen noch einmal nach Agatha und den Hühner sehen. Wer kommt mit?«

Miss Clara schüttelte den Kopf, und auch Jim machte keine Anstalten, seinen warmen Platz am Kamin zu verlassen.

»Sam?«

»Ja, natürlich.«

Sie gingen in die Küche und zogen sich schweigend ihre Stiefel und die dicken Jacken an. Es war immer noch kalt draußen, und wie Mags es vorhergesagt hatte, war neuer Schneefall angekündigt. Noch aber war der Himmel wolkenlos und der Mond, der fast voll war, leuchtete so hell, dass sie ihre Schatten auf dem weißen Schnee sehen konnten.

»Weißt du eigentlich, dass der Legende nach die Tiere in der Weihnachtsnacht sprechen können? Was wohl Agatha sagen würde?«

Mags lächelte und blieb neben Sam stehen.

»Sie würde wahrscheinlich schimpfen. Auf mich, weil ich sie nicht ins Haus gelassen habe, und auf dich, weil du ihr die falschen Eier untergeschoben hast.«

»Ja, das kann sein. Aber ich habe noch ein Geschenk für dich, das auch Agatha gefallen wird.«

Er schob die Hand in seine Manteltasche und zog einen Umschlag heraus.

»Mach ihn auf!«

Sie starrte auf den Umschlag in Sams Hand, nahm ihn und riss ihn neugierig auf. Ein Foto fiel ihr entgegen. Ein Foto, auf dem im hellen Mondlicht eine weiße Gans zu sehen war.

»Was bedeutet das?«

»Das ist Arthur. Er ist ein junger, fescher Ganter. Zurzeit ist er noch bei Jim auf dem Hof, weil wir ihn wegen des Wetters nicht holen konnten. Aber er wird deiner Agatha hoffentlich bald Gesellschaft leisten.«

Mags starrte auf das Bild, dann lachte sie schallend und zog Sam an sich, um ihm einen Kuss zu geben.

Arthur und Agatha.

Es war perfekt.

LESEPROBE

KAPITEL 1

Es war ein Tag wie aus dem Bilderbuch, wie geschaffen für einen Spaziergang. Liam trottete glücklich neben mir die lange Einfahrt zu The Larches hinauf, dem Familienanwesen der MacEwans und Zuhause meines Geschäftspartners Grant MacEwan. Die Sonne strahlte hell, in Schottland in der ersten Märzwoche ein seltener und willkommener Anblick. Die struppigen Lärchen, die dem Haus seinen Namen gegeben hatten, warfen vor uns scharfe Schatten auf den Weg. Früher einmal hatte man aus dem Lärchenholz die Fässer hergestellt, in denen die Familie MacEwan ihren Whisky reifen ließ, doch heute bildeten die Bäume nur ein prächtiges Tor zu dem ziemlich in die Jahre gekommenen Haus im schottischen Baroniestil.

Als wir beinahe bei der Tür angekommen waren, legte Liam einen Sprint ein und rannte voraus, um unsere Freundin Louisa zu begrüßen, die Haushälterin und Köchin in The Larches. Der alte Feinschmecker hatte eine sehr klare Vorstellung davon, wo seine nächste Mahlzeit herkommen würde, und er wusste auch, dass sie jede Mühe wert war. Louisa stand auf den Stufen vor der Haustür, ihre langen braunen Locken oben auf dem Kopf zu einem losen Knoten zusammengefasst, eine knallgelbe Schütze vor Jeans und T-Shirt gebunden. Sie redete mit einem hoch aufgeschossenen Inder, der neben ihr stand und eine große Ledertasche umgehängt hatte.

Als ich näher kam, deutete Louisa lächelnd auf ihren Gesprächspartner.

»Abi, ich weiß nicht, ob du unseren neuen Doktor bereits kennengelernt hast. Er ist erst eine Woche hier, der Ärmste, und schon halten wir ihn mächtig auf Trab. Dr Arya, das ist Abigail Logan, unsere prominente Journalistin.«

Dr Arya wandte sich mir zu und begrüßte mich. Sein Händedruck war fest, und er musterte mich mit einem offenen, sehr aufmerksamen Blick. »Es ist mir ein Vergnügen«, sagte ich. Seit beinahe einem Jahr, als unsere letzte Ärztin ins Gefängnis gewandert war, hatten wir keinen im Städtchen ansässigen Arzt mehr, und alle waren wirklich begeistert, dass wir endlich einen ständigen Ersatz hatten.

»Wie geht es dem Patienten?«, erkundigte ich mich und deutete mit dem Kopf auf das Haus. Durch den Flur wehte aus dem Obergeschoss der Klang erhobener Stimmen, vom Knallen einer schweren Tür unterstrichen, zu uns heraus.

»So ein Heilungsprozess ist immer eine langwierige Sache«, sagte Dr Arya milde. »Mr MacEwan ist noch auf dem Weg.«

»Sie meinen, er ist ein miesepetriger alter Mistkerl«, übersetzte Louisa diese Aussage.

Dr Arya lächelte leise. »Zögern Sie nicht, mir eine SMS zu schicken, wenn Sie sich Sorgen machen«, sagte er und wandte sich zum Gehen. »Ansonsten komme ich in ein, zwei Tagen wieder nach ihm schauen.«

Wir sahen ihm hinterher, als er in sein Auto stieg, die Einfahrt hinunterfuhr und dabei eine kleine Staubwolke aufwirbelte.

»Mach, dass du reinkommst«, sagte Louisa mit Nachdruck. »Ich brauche jetzt unbedingt einen Kaffee.«

Ich folgte ihr nur zu gern ins Erdgeschoss und in die riesige Küche mit dem schönen Steinboden und nahm an dem großen, auf Hochglanz polierten Eichentisch Platz. Louisa schaltete die Kaffeemaschine an und kam mit einem Teller voller Buttergebäck mit Himbeermarmelade und einem großen Hundekauknochen herüber. Liam saß erwartungsvoll bei Fuß, bis er belohnt wurde, und zog sich dann auf den Kaminvorleger zurück, um an seiner Beute herumzunagen.

»Also, was ist mit dem Herrn und Meister los?«, fragte ich, sobald wir uns alle niedergelassen hatten. Ich war neugierig geworden. Sogar in einem so kleinen Ort wie diesem war ein ärztlicher Hausbesuch an einem Sonntagmorgen eher ungewöhnlich.

Louisa hielt mir den Keksteller hin und seufzte tief, ehe sie antwortete. »Die Lage ist wirklich gar nicht gut. Ich mache mir echt Sorgen. Weitere Komplikationen nach der Gehirnerschütterung. Mir war klar, dass was nicht stimmte, aber du kennst ihn ja. Er behält alles für sich, als dächte er, dass das vielleicht wie durch Zauber wieder verschwindet. Jedenfalls hat er endlich Dr Arya gebeichtet, dass er seit dem Unfall nichts mehr riechen oder richtig schmecken kann.«

Ich hielt mitten im Kauen inne. »Was hat der Arzt dazu gesagt?«

»Er hat uns erklärt, es käme durchaus vor, dass eine Gehirnerschütterung solche Nebenwirkungen hat. Und er meinte, das sollte sich mit der Zeit geben, aber wann das ist, könne er nicht sagen, genauso wenig könne er sicher sein, dass es wieder ganz in Ordnung kommen würde.«

Louisa stand auf, um uns Kaffee einzuschenken. Ich saß wie vom Donner gerührt da. Seinen Geruchs- und Geschmackssinn zu verlieren, das ist schon für einen normalen Menschen ziemlich schlimm, aber Grant ist das, was wir in unserem Geschäft »eine Nase« nennen. Bei Abbey Glen, der Destillerie, die uns gemeinsam gehört und die wir als Zweierteam führen, war er der Master Blender. Der Mann, der mit seinen ausgeprägten Sinnen das unendlich fein nuancierte Geschmacksprofil geschaffen und vervollkommnet hatte, das unseren Craft Whisky zu einem der gefragtesten in der Branche gemacht hat. Wenn er diese Sinne verlor oder sie auch nur ein wenig beeinträchtigt waren, wäre das für ihn eine berufliche Katastrophe. Ein Desaster, das seine Laufbahn beenden würde.

»Wann kann man denn Genaueres sagen?«, fragte ich, während ich noch versuchte, die Nachricht zu verdauen.

»Der Doktor hat gemeint, Grant müsse geduldig sein.«

Louisa und ich verdrehten einmütig die Augen. »Daher also das Türenknallen«, sagte ich. »Ist Brenna bei ihm?«

»Ja, die großartige Ms B. kriegt im Augenblick das meiste ab. Ich gönne es ihr von ganzem Herzen.«

Ich trank hastig einen Schluck von meinem Kaffee und verbrannte mir dabei die Zunge. Meine Beziehung zu Grant war von Anfang an kompliziert gewesen. Der frühe Tod meines Onkels Ben, der mir seine vor Ort als The Glen bekannte Single Malt Destillerie vererbt hatte, war der Anlass für unsere erste Begegnung gewesen. Damals hatte ich mit aller Macht gegen eine heftige und tiefe Anziehung angekämpft, die dieser Schotte mit den sandfarbenen Haaren und den gefährlich grünen Augen auf mich ausübte. Ich wusste, dass es ein schwerer Fehler wäre, mich mit einem Geschäftspartner einzulassen. Es würde nicht nur mein in diesem idyllischen Fleckchen Erde neu gefundenes Gefühl von Frieden und Sicherheit gefährden, es würde auch meine Glaubwürdigkeit in der ohnehin frauenfeindlichen und speziell mir nicht gerade freundlich gesonnenen Branche untergraben. Dann wäre ich in den Augen der anderen Brenner nichts als »Grants Kleine«.

Die logische Antwort war, Abstand zu halten, und ich war mir sicher, dass ich das im Griff hatte, insbesondere nachdem Grants alte Flamme Brenna Quinn vor sechs Wochen bei den Golden Quaich Awards aufgetaucht war, und zwar mit der Absicht, ihre frühere Beziehung wieder aufzuwärmen. Solange Brenna da war, war Grant vom Markt, und ich würde nicht in Versuchung kommen. Problem gelöst. Das dachte ich zumindest, bis dann jemand einen Anschlag auf Grant verübte und der eine schwere Kopfverletzung davontrug und in kritischem Zustand ins Krankenhaus gebracht wurde.

Angesichts der Möglichkeit, ihn zu verlieren, wurde mir plötzlich klar, dass ich ihn weit lieber mochte, als ich es mir bis dahin hatte eingestehen wollen. Schade, dass ich das nicht rausgefunden hatte, ehe Brenna auf der Bühne erschien und ihre Ansprüche anmeldete, aber Timing war noch nie meine Stärke.

Nachdem Grant aus dem Krankenhaus entlassen worden war, hatten wir alle den Eindruck, dass er sich nur allmählich, aber letztlich doch vollständig von seiner Gehirnerschütterung erholen würde. Die Ärzte empfahlen mindestens zwei Monate absolute Ruhe, und zum allgemeinen großen Ärgernis bestand Brenna darauf, sich in der Destillerie ihrer Familie in Wales Urlaub zu nehmen und hier genau zu überwachen, dass Grant machte, was man ihm gesagt hatte. Und da waren wir also alle miteinander sechs Wochen später: ein schlecht gelaunter Patient, eine ständig überall im Weg herumstehende Freundin und ich, die ich mir größte Mühe gab, mich halbwegs wieder in einem Leben als Zuschauerin zurechtzufinden.

Ich merkte, dass Louisa mich sehr genau musterte. »Gehst du zu ihm rauf?«, fragte sie.

»Ich hatte es eigentlich vor«, antwortete ich. »Aber vielleicht warte ich noch ein bisschen ab. Du weißt ja, wie er ist, wenn er wütend ist. Da kann man nicht mit ihm reden.«

Louisa beugte sich über den Tisch zu mir hin. »Du Feigling. Aber du hast wohl recht, zumindest im Augenblick. Doch ewig kannst du es nicht rausschieben. Als Brenna sich wieder in Grants Leben gemogelt hat, hast du mir gesagt, du wolltest um den da oben kämpfen«, sagte Louisa und deutete mit dem Kopf in Richtung Zimmerdecke. »Und jetzt hast du dich in den letzten paar Wochen so rar gemacht. Was ist los mit dir?«

Ich war mir nicht ganz sicher, wie ich vorgehen sollte. Louisa und ich hatten uns seit meiner Ankunft in Schottland recht gut angefreundet. Sie hielt treu und fest zu Grant und ließ keinerlei Zweifel an ihrer Meinung aufkommen, dass sie eine Beziehung zwischen ihrem Arbeitgeber und mir befürwortete. Ich entgegnete ihr: »Erstens weißt du, dass ich Grant sehr mag. So sehr, dass ich mich nicht zwischen Brenna und ihn drängen würde, wenn er wirklich in sie verliebt wäre.«

Louisa schnaubte laut vor Empörung. »Der? Verliebt? Auf keinen Fall. Sie passt überhaupt nicht zu ihm. Betütert ihn von morgens bis abends. Versucht, ihm alles abzunehmen. Ich sehe förmlich, wie sein Blutdruck in die Höhe schnellt. Die erstickt ihn völlig.«

Ich gab mir redlich Mühe, das Lächeln zu unterdrücken, das sich bei Louisas freimütiger Auskunft auf meine Lippen stahl. »Es überrascht mich nicht, dass sie ihn beinahe erdrückt«, gab ich zu. »Sie ist der Typ Frau, die immer die Zügel in der Hand haben muss. Aber ich kenne Grant, der ist nicht so blöd, dass er aus missverstandener Dankbarkeit oder schlechtem Gewissen eine dauerhafte Beziehung mit einer Frau eingeht, die ihn in den Wahnsinn treibt.«

»Männer haben schon viel blödere Sachen gemacht«, erwiderte Louisa grimmig.

Dieses Argument quittierte ich mit einem Nicken. »Stimmt schon, aber hinter meiner Abwesenheit steckt mehr.« Ich vertraute auf Louisas Diskretion, und ich schätzte ihre aufrichtigen Ratschläge. Also fuhr ich fort und äußerte meine Zweifel. »Ich bin eher ein sehr auf Wettbewerb eingestellter Mensch«, fing ich an.

Louisa lehnte sich auf ihrem Stuhl zurück und musterte mich. »Erzähl mir was, das ich noch nicht weiß.«

»Na ja, als Grant verletzt wurde, war er ohnehin völlig erschöpft und stand unter großem Stress. Und dann war da Brenna und hatte sich Grant an den Hals geworfen und …«

»Spuck's aus.«

»Okay, okay. Ich überlege, ob ich mich vielleicht jetzt nur deswegen mehr zu Grant hingezogen fühle, weil ich Konkurrenz bekommen habe.«

»Das ist doch Blödsinn.«

»Wirklich? Blöd bin ich nicht, aber ehrgeizig schon. In meiner Arbeit bin ich immer hinter dem Hauptgewinn her. Ich will die heiße Story, das aufrüttelnde Bild, die Antwort auf die Frage, die niemand außer mir findet. Geht es mir jetzt mit Grant genauso? Hetze ich hinter dem Mann her, den ich nicht haben kann?«

»Du denkst zu viel«, meinte Louisa mit Nachdruck. »Sag mir, was du für Grant empfindest. Schnell, ohne groß zu überlegen. Das Erste, was dir einfällt, analysiere nicht alles zu Tode.«

Ich schüttelte den Kopf. »Ich weiß nicht. Ich empfinde Freundschaft, Respekt, Verlangen. Alles schön und gut, aber ist das Liebe?«

»Die einzige Sorte Liebe, die Bestand hat«, bekräftigte Louisa. »Mein Ehemann und ich, wir haben nur eins von den dreien geschafft, und es ist alles in die Brüche gegangen, als wir mehr brauchten als nur die körperliche Seite. Schließlich war das einzige Gute, das ich davon zurückbehalten habe, Luke. Du und Grant, ihr habt das komplette Paket. Red dir das nicht aus, nur weil du Angst kriegst.«

»Ich habe keine Angst«, feuerte ich zurück. Ich nahm mir noch ein weiteres Butterplätzchen und kaute genüsslich darauf herum, während ich in Gedanken Louisas Worte hin- und herwälzte. Was sollte ich wirklich von ihrer Bewertung der Lage halten? Ich war für meine eigenen Schwächen keineswegs blind. »Ich bin nur realistisch«, brachte ich vor. »Brenna ist wunderschön und gescheit. Und zudem weiß sie unendlich viel mehr über das Whiskygeschäft als ich. Sie hat es sich sogar erkämpft, dass die Barley Boys ihr Respekt zollen, wenn auch widerwillig.«

»Du bist auch wunderschön und gescheit«, kam Louisas Echo. »Und das Whiskywissen holst du im Nu auf. Bei Abbey Glen bist du doch gleich mittenrein geworfen worden, und, ehrlich, du kommst weit besser klar, als es die meisten geschafft hätten.«

»Ich tu mein Bestes, aber manchmal reicht das eben nicht.« Ich hatte mich nie vor harter Arbeit gescheut, aber schon nach sehr kurzer Zeit hatte ich begriffen, dass mehr als nur harte Arbeit nötig ist, um im Whiskygeschäft erfolgreich zu sein. Man braucht zudem ein tiefes Verständnis für die Wissenschaft des Destillierens und die komplexe Kunst des Blending. Ein bisschen Geschäftssinn und Gespür für Marketing schaden auch nicht. Die meisten meiner neuen Berufskollegen sind im Whiskygeschäft und dessen Umfeld aufgewachsen. Sie besitzen ein instinktives Gespür für diese Dinge, und seit meiner Ankunft hechelte ich atemlos hinter ihnen her. »Ich habe das noch niemandem sonst verraten«, gestand ich Louisa, »aber ich habe mich an der Edinburgh University für einen Kurs eingeschrieben, der sich mit den naturwissenschaftlichen und insbesondere chemischen Grundlagen der Whiskyherstellung befasst.«

Louisa nahm die Kaffeekanne und schenkte uns beiden nach. »Deswegen bist du also so oft in die Stadt gefahren. Ich weiß, dass es weniger als eine Stunde Autofahrt ist, aber viermal in der Woche, das schien mir doch ein bisschen viel. Ich hab schon vermutet, dass du da in der Stadt irgendeinen Typen hast, mit dem du dich triffst.«

»Den hab ich auch«, sagte ich mit einem Grinsen. »Es ist ein vierundsiebzigjähriger Professor, der seit beinahe sechzig Jahren im Whiskygeschäft ist. Mit seiner Hilfe gewinne ich so langsam mehr Selbstbewusstsein und bekomme allmählich das Gefühl, dass ich in der Branche tatsächlich eine gewisse Glaubwürdigkeit haben könnte. Dass ich mit meinen Berufskollegen mithalten kann.« Und mich besser mit Brenna messen kann, sagte die beharrliche Stimme in meinem Kopf, ob ich wollte oder nicht.

»Was hast du also in Sachen Ms B. vor?«

»In Sachen Brenna kann ich gar nichts machen. Ich kann nur ich selbst sein.«

»Du bemutterst ihn nicht, du behandelst ihn nicht wie ein Kleinkind, und du versuchst nicht, sein Leben zu kontrollieren. Der Kontrast sollte deutlich genug sein, um ihm zu zeigen, wohin sein Herz gehört. Aber drauf verlassen kannst du dich nicht, dass ein Mann sieht, was er direkt vor der Nase hat. Überleg mal, ob du nicht bei diesem Spiel deinen Einsatz erhöhen solltest.«

Ich trank meinen Kaffee aus. »Die Liebe ist kein Spiel, und im Augenblick haben wir wahrhaftig größere Probleme zu bewältigen. Diese neue Entwicklung mit Grants Geruchssinn macht mir echt Sorgen. Wenn er sich davon nicht vollständig erholt, ist er am Boden zerstört. Und auch in der Destillerie würde das große Veränderungen nach sich ziehen. Veränderungen, die vielleicht unsere Konkurrenz auszunutzen versucht.«

»Das weiß Grant sehr wohl. Aber wenn wir uns jetzt darüber Sorgen machen, hilft ihm das auch nicht, schneller gesund zu werden«, merkte Louisa an.

»Stimmt. Er braucht eine Beschäftigung.«

»Aber nicht so viel, dass alles wieder schlimmer wird«, mahnte Louisa.

»Genau. Das ist ein heikles Gleichgewicht. Er muss unbedingt wieder in die Brennerei, aber im Moment nicht in seiner gewohnten Funktion.« Ich überlegte einen Augenblick. »Ich hab da ein paar Ideen, muss mich aber erst mit Cam und Patrick besprechen. Wir warten ab, bis Grant sich ein bisschen beruhigt hat. Ich komm später noch mal vorbei.«

Liam und ich rollten in meinem Mini-Cabrio auf den steingepflasterten Hof von Abbey Glen. Liam saß wie immer auf dem Beifahrersitz, die Ohren mit den braunen Spitzen flatterten im Fahrtwind, und die Zunge hing ihm in hündischer Begeisterung aus dem Maul.

Für mich waren die um den alten Hof angeordneten, weiß getünchten Steingebäude inzwischen ein tröstlicher und vertrauter Anblick. Mithilfe meines Whisky-Gurus an der Universität bekam der mühevolle Vorgang, den wir bei der Herstellung unseres Whiskys gewissenhaft durchlaufen, für mich inzwischen sehr viel mehr Sinn. Endlich hatte ich das Gefühl, zu dieser Welt aus Gerste, Wasser, Kupfer und Holz zu gehören, die das Herzstück der Destillerie bildete, die meinen Namen trug.

Ich spazierte ins Büro und traf dort unseren Destillerie-Manager Cam Lewis und meinen besten Freund Patrick Cooke an, die gerade über den Veranstaltungskalender redeten. Die beiden waren ein höchst merkwürdiges Duo: Patrick, der junge, elegante Städter, und Cam, jenseits der besten Jahre, rau und geerdet. Doch wenn es um den Whisky ging, den sie beide liebten, waren sie Seelenverwandte.

Cam war in zweiter Generation Brennmeister, ein vertrauenswürdiger Manager und wirklich ein Geschenk des Himmels, gerade jetzt, da Grant ausfiel. Was *er* nicht über Whisky wusste, das war nicht der Rede wert. Ich hegte heimlich den Verdacht, dass aus seinen Adern, wenn man ihn schnitt, wohl ein Single Malt in satten Farbtönen herausbluten würde.

»Hab dich ja tagelang nicht zu Gesicht bekommen, Mädel«, sagte er. »Wo warst du denn?«

»Ich hatte geschäftlich einiges in der Stadt zu erledigen«, antwortete ich ausweichend.

»Und da hast du mich nicht besucht?«, fragte Patrick mit gerunzelter Stirn.

Patrick und ich waren seit unserer Uni-Zeit beste Freunde. Er war genau wie ich Journalist und gegenwärtig Chefredakteur des *Whisky Journal*, einer in der Whiskybranche hochangesehenen Zeitschrift mit Hauptsitz in Edinburgh. Seit einem Jahr, seit ich mich plötzlich und unerwartet in diesem seltsamen neuen Geschäftsfeld wiedergefunden hatte, war er mir oft emotionale Stütze und ein zuverlässiger Berater gewesen.

»Tut mir leid. Zu viel zu tun«, antwortete ich, überspielte den eigentlichen Grund für meine Besuche in Edinburgh und kam rasch zu den wichtigen Neuigkeiten. »Ich war gerade oben in The Larches.«

»Und wie geht's Grant?«, erkundigte sich Patrick.

»Na ja«, antwortete ich zögerlich, worauf beide Männer mich interessiert anschauten. »Verratet bloß Grant nicht, dass ich es euch erzählt habe. Er soll euch das selbst sagen.«

In Cams strahlenden Augen spiegelte sich Besorgnis. »Was soll er uns sagen?«

»Anscheinend gibt es nach der Gehirnerschütterung noch einige Komplikationen. Unerwartete.« Ich legte eine kleine Pause ein, aber mir fiel keine sanftere Art ein, ihnen die Wahrheit zu sagen. »Grant hat neulich dem Doktor gestanden, dass er seinen Geruchssinn und damit einen großen Teil seines Geschmackssinns verloren hat.«

Die beiden starrten mich in benommenem Schweigen an. Keinem war die volle Bedeutung dieser Nachricht entgangen.

»Ist das ein bleibender Schaden?«, fragte Patrick.

»Hoffentlich nicht.«

Cam schaute mich immer noch ungläubig an. Sein wettergegerbtes Gesicht sah aus, als wäre er vor meinen Augen soeben um Jahre gealtert. »Hoffentlich nicht?«, keuchte er. »Was zum Teufel soll das denn heißen? Wie hoch ist die Wahrscheinlichkeit, dass es gut für ihn ausgeht? Und wenn er den Geruchssinn zurückbekommt, wird dann alles so sein wie zuvor?«

Ich legte Cam eine Hand auf den Arm. Grant war für ihn wie ein Sohn, das wusste ich. Und ich begriff, dass ihn diese Neuigkeit bis ins Mark getroffen hatte. »Der Arzt meint, wir müssten uns in Geduld üben. Es dauert seine Zeit, bis sich alles wieder normalisiert hat. Es gibt keinen Grund, warum es das nicht tun sollte, aber es wäre immerhin möglich. Und mit dieser Möglichkeit muss sich Grant anfreunden, nur für alle Fälle.«

Patrick fuhr sich mit den Händen durchs Haar und blickte grimmig drein. »Er muss völlig am Boden zerstört sein.«

Ich nickte stumm.